「お、兄様……？」
今まさに、オルタンシアを死の淵から
救い上げた者——オルタンシアの義兄、
ジェラールは、少しも表情を動かさず
仮面の男の体から剣を抜いた。

「……気に入ったか」
「は、はい!?」
「これはすべてお前のものだ」

「君は誰？
ここで何をしてるの？」
オルタンシアと同じくらいの年頃の、
整った身なりの少年が、
目を丸くしてこちらを見つめていた。

死に戻りの幸薄《さちうす》令嬢、

今世では最恐ラスボスお義兄様に溺愛されてます

Yuzu Lemon
柚子れもん
Yamaimo Santaro
[ill.] 山いも三太郎

第１章　死に戻りの幸薄令嬢

「オルタンシア・レミ・ヴェリテ。デンダーヌ伯爵令嬢暗殺未遂《みすい》の罪により……」

無機質な声で読み上げられる罪状を前に、少女――オルタンシアはただガタガタと震えながら懇《こん》願《がん》した。

「違います、私はやっておりません……。私はけっして、暗殺を企《たくら》んだりなど――」

王太子妃候補の令嬢たちを王城に集め、行われた花嫁《はなよめ》選考会。

その最中に、一人の伯爵令嬢が毒を盛られ倒れた。

犯人は、評判の悪い公爵令嬢だった。

どうしても王太子妃の座を欲しがった彼女は暗殺に手を染め、王太子の関心を惹《ひ》いた伯爵令嬢を亡き者にしようと企んだのだ。

その罪は白日の下に晒《さら》され、今まさに、彼女には裁きの鉄槌《てっつい》が下されようとしているのだが……。

（違う、私は何もやってない……！）

犯人とされた公爵令嬢――オルタンシアは絶望の淵《ふち》にいた。

なにしろ、オルタンシアは本当に何もしていないのだ。

王太子の妃候補として宮廷に召し上げられたのも、王家への恭順の意を示すためのただの形式的なものに過ぎなかったはずだ。

妃になるつもりなんて毛頭なかったし、無事に選考会を終えれば、何事もなく家に帰れるはずだった。

それなのに……妃候補の一人が殺されかけるという事件が起こり、気が付けば犯人にされていた。

捕らえられ、牢《ろう》に入れられ、尋問され、そして――。

「斬首刑に処する」

「ヒッ！」

刑が読み上げられた途端、一気に恐怖が押し寄せ喉の奥から悲鳴が漏れてしまう。

(嘘《うそ》……そんなのおかしいじゃない！)

「お願いします、もう一度捜査を！　私は絶対に、そんなことは――」

「見苦しいぞ。さっさと来い！」

ほとんど引きずられるようにして、処刑台へと連れていかれる。

鈍く光る断頭台の刃が目に入り、あまりの恐ろしさにガチガチと歯の根が鳴った。

「うそ、いやっ……！」

オルタンシアが断頭台へと引きずられる姿を、まるで見世物のように多くの貴族たちが眺《なが》めている。

「あぁ、あれが例の――」

「公爵家を乗っ取ろうとした娼婦《しょうふ》の娘だろ?」

「やはり生まれの卑《いや》しい者を家に入れるべきではなかったわね」

「先代の公爵様もお可哀《かわい》そうに……。早くに亡くなられたのもあの女が関わってるんじゃないか?」

侮蔑や愉悦の視線、根も葉もない中傷に嘲笑……。

彼らにとっては、オルタンシアの破滅も娯楽の一つでしかないのだ。

オルタンシアが無様に抵抗すればするほど、彼らは喜ぶことだろう。

あまりの惨めさに俯《うつむ》きかけたが、不意に見知った姿が視界をよぎり、オルタンシアは反射的に声をあげた。

「お……お兄様! 助けてください!! 冤罪《えんざい》です! 私は暗殺など企んではおりません!!」

ヴェリテ公爵家の若き当主――ジェラール・アドナキオン・ヴェリテ。

艶《つや》やかな銀色の髪に、涼しげな蒼氷《そうひ》色の瞳を持つ、「氷の貴公子」「冷酷公爵」の異名を持つオルタンシアの義兄――。

公爵家の養女となってから、彼と言葉をかわす機会は数えるほどしかなかった。

それでも……彼はオルタンシアの兄なのだ。きっと助けてくれるはず……！

そんな一縷《いちる》の望みに縋《すが》るように、オルタンシアは義兄に向かって必死に叫んだ。

だが、返ってきたのは……ぞっとするほど冷たい視線と、突き放すような冷酷な言葉だった。

「黙れ、公爵家の恥さらしめ。……俺は一度たりとも、お前を妹などと思ったことはない」

その言葉に、頭が真っ白になって……気が付いたときには、オルタンシアの体は断頭台へと押し付けられていた。

溢《あふ》れた涙が頬を伝い、ぽたりと断頭台を濡《ぬ》らす。

……どうして、こうなってしまったのだろう。

いったいどこで、人生を間違えたのだろう。

（王太子殿下の妃候補として、宮廷に上がったときから？）

（庶子として公爵家に引き取られ、公爵令嬢となったときから？）

（それとも……私が生まれたこと自体が、間違いだったの？）

（私は……いったいどうすればよかったの？）

絶望が心を覆いつくし、涙で視界が滲《にじ》む。

その女を処刑せよと叫ぶ周囲の声が、ガンガンと耳にこだまする。

（神様、いったいどうして……こんな残酷な仕打ちをなさるのですか？）

（もしも慈悲をかけていただけるのなら、どうか、もう一度私にチャンスを……）

合図とともに、断頭台の刃がよりいっそうきらめく。

ヒュッと風を切る音がして、そして……。

「………ひゃあぁぁぁ！」

あまりの恐怖と衝撃に、オルタンシアは悲鳴をあげて飛び起きた。

その拍子にバランスを崩し倒れ込み、したたかに床に尻を打ち付けてしまう。


「ぎゃんっ！」

「オルタンシア、大丈夫か？」

すぐに助け起こされ、オルタンシアは混乱しながらも相手を見上げた。

そして、そこにいた人物に驚いて目を丸くする。

「お、お父様……？」

抱き起こしてくれたのは、先代ヴェリテ公爵――オルタンシアの義父だった。

オルタンシアが冤罪で捕らえられる少し前に、彼は病《やまい》で亡くなったはずである。

（あぁ、ここは天国なのかしら。私は処刑されて、天国でお父様と再会して――）

「あぁ、お父様だ。そう呼んでくれて嬉《うれ》しいよ、オルタンシア。今日から私たちは家族だからね」

………ん？

何だろう。父の言葉は少しおかしい気がする。

そのときになってやっと、オルタンシアは少し落ち着いてあたりを見回すことができた。

ガタゴトと音を立てて、窓の外を景色が流れていく。

この空間は、見覚えがある。ここは……ヴェリテ公爵家所有の馬車の中だ。

それに、「今日から私たちは家族だ」って……。

(あれ、どういうこと……？　まるで、昔みたいに——)

おそるおそる、オルタンシアは自分の体を見下ろした。

記憶にあるよりも、ずっと小さな体。

まるで、幼い子どものような……。

戸惑《とまど》うオルタンシアを軽々と抱き上げ、父は元の席へと戻してくれる。

「見てごらん、あれが君の新しい家だ」

馬車が向かっているのは、オルタンシアが公爵家に引き取られてから宮廷に上がるまで過ごした邸宅——ヴェリテ公爵邸だった。

馬鹿みたいに大きな屋敷《やしき》を前に、オルタンシアは開いた口がふさがらなかった。

(……あれ、このシチュエーションには覚えがあるぞ⁉)

「今日から君は私の娘、公爵令嬢になるんだ。息子は気難しい子だが、君ならばきっとうまくやれるだろう。期待してるよ、オルタンシア」

記憶にあるのとそっくり同じ言葉を、父の口は紡いでいく。

その声を聞いて、オルタンシアはくらりと眩暈《めまい》がした。

（そんな、嘘でしょ！　確かにやり直したいと思ったけど、まさかここからなんて！）

「公爵閣下《かっか》、並びにオルタンシアお嬢様のご到着です！」

呆然《ぼうぜん》としている間に馬車は公爵邸の門を抜け、オルタンシアは父に手を引かれ馬車を降りる。

すると、道の左右にずらりと公爵邸の使用人が勢ぞろいしていた。

その中央にいる人物は、冷めた瞳でじっとオルタンシアを見つめている。

「オルタンシア。彼が私の息子で君の兄となるジェラールだ」

再び相まみえた義兄は、オルタンシアが処刑される直前に見たのと同じく絶対零度の瞳で、じっとこちらを睨《にら》んでいた。

……この光景も、よく覚えている。

「一度目のとき」はその瞳がとにかく恐ろしくて、オルタンシアは彼と向き合うことを避け続けていた。

（あぁ、神様。これは罰なのですか？　それともチャンスなのですか？）

まさか、公爵家に引き取られた日に時間が戻っているなんて‼

◇◇◇

オルタンシアは、元々は場末の酒場の歌姫のもとに生まれた娘だった。

母は恋多き人だったので、父親はわからない。

それでも、幼いころは母と二人で楽しく暮らしていた。

暮らしは貧しかったけど、いつも笑いが絶えなかった。

……突然の病で、母が若くして亡くなるまでは。

頼れる親戚もなく、孤児となったオルタンシアは、孤児院で暮らすこととなった。

孤児院での暮らしも、そう悪くはなかった。

意地悪な子に虐《いじ》められたりもしたけど、それでも皆、身を寄せ合って暮らしていた。

そうしてオルタンシアが七歳を迎えるころ……当時のヴェリテ公爵――父が孤児院へとやってきた。

オルタンシアを、公爵家の養女として引き取るために。

なんでも公爵は、オルタンシアの母の恋人の一人だったらしい。

人づてに母が亡くなったこと、そして娘のオルタンシアが孤児として遺されたことを知った公爵は、「もしや自分の娘ではないか」と探していたそうだ。

――「一人にして済まなかったね、オルタンシア。私が君の父親だ」

はじめて会った日に、ヴェリテ公爵――父はそう言ってオルタンシアを抱きしめてくれた。

どうやら父は、オルタンシアが自分の娘だと確信しているようだった。

（でもでもよく考えてみれば……政略の駒として有力者に嫁《とつ》がせる「公爵令嬢」を欲しがってただけな気もするんだよね！　お父様腹芸得意だから!!）

ヴェリテ公爵は孤児院に莫大《ばくだい》な援助を約束して、オルタンシアを娘として引き取った。

ろくに教育も受けていない孤児が、なんと公爵令嬢へとクラスチェンジしてしまったのである！

ヴェリテ公爵家はこの国の建国当時から存在する四大公爵家の一つで、つまりは国内でも指折りの超名門貴族なのである。

数日前まで孤児院でのんきに草むしりをしていたオルタンシアは、あっという間に大勢の使用人にかしずかれる「お嬢様」へと成り上がってしまったのだ。

（正直嬉しいって言うよりもびっくりしたよね……。「この巨大なお城みたいのが私の家なの⁉」って）

最初のうちは、何もかも慣れないことばかりだった。

基本的な食事のマナーすらなってなかったオルタンシアは、ずいぶんと教育係に怒られたものだ。陰では「妾《めかけ》の子のくせに」「本当に公爵様の血を引いているのかどうかも疑わしい」と、使用人たちからも散々馬鹿にされた。

（誰かに助けを求めることもできなくて、夜になってベッドに入るといつも声を殺して泣いてたなぁ……。涙でずくずくになった枕は気持ち悪かった）

ヴェリテ公爵である父は忙しい人間で、屋敷を空《あ》けている日が多かった。

幼いオルタンシアの目から見ても父が娘に構っている時間はないのが明らかだったので、何か困ったことがあっても相談することもできなかった。

（それに、最大の壁は……）

義兄であるジェラールは、それ以前の問題だった。

そもそも、彼とコミュニケーションを取ること自体が絶望的だったのである。

初対面で義兄の絶対零度の視線にひどく怯《おび》えたオルタンシアは、それ以降過剰に彼を避けるようになっていたのである。

屋敷の中でもできるだけ会わないようにしていたし、食事の場などで同席することになっても、あの冷たい視線を向けられるのが怖くて、ろくに目も合わせられなかった。

（まぁ、お兄様からすれば私は血が繋《つな》がってるかどうかもわからない下賤《げせん》な酒場の女の娘だし。いきなり「今日から妹です！」なんて言われても、受け入れられるわけがないよね……）

そんな状態だったから、当然ジェラールの方からオルタンシアへコンタクトを取ってくることもなく、二人は同じ屋敷で暮らす他人のようだった。

いや、他人よりひどいだろう。

ジェラールはオルタンシアを「いない者」として扱い、オルタンシアはジェラールの姿が見えるたびに全速力で逃げ出す始末だったのだ。

(ひたすら逃げまくってたから、公爵邸の構造にだけは人一倍詳しくなったんだよね。特に役に立たなかったけど)

そうして、広い屋敷で孤独を抱えながら過ごすこと数年。

なんとか見苦しくない程度にマナーを身につけたオルタンシアは、公爵令嬢として社交界デビューを果たすことになる。

公爵令嬢として社交界に足を踏み入れたオルタンシアは、皆に温かく迎えられた。

……あくまで、表向きは。

「妾の子なんですって。どうりで品がないと思ったわ」

「ジェラール様は口も利《き》かないそうよ。やはり高貴なる血に下賤な者が混じるのが許せないのでしょう」

「早くご自身の立場を理解すればいいのに。みっともないわ」

(はいはい、聞こえてます！　陰口!!　こういうのって、むしろわざと聞こえるように言ってるんですよね……)

ぽっと出の公爵令嬢なオルタンシアは、陰で散々嫌味を言われたものだ。

気弱な性格のオルタンシアは言い返すこともできなくて、パーティーなどの場ではいつも俯いていた。

一応名門公爵家の娘という立場上、ダンスなどのお誘いを受けることは多かったが……失敗するのが怖くてお断りしてばかりだった。

その態度がよくなかったようで、「娼婦の娘のくせにまぁ嫌味ったらしい！」と陰口スパイラルは更に加速していくことになるのである。

（あのとき適当な相手と無理やりにでも結婚話を進めていれば、最悪の未来は避けられたのかなぁ……）

そんなわけでろくに縁談も進まなかったオルタンシアは十六歳のときに王太子殿下の妃候補として王宮に上がることとなる。

別に王太子殿下がオルタンシアを見初められたとかそんなことはなく、公爵家の面子《めんつ》を守るためと単なる数合わせのためだ。

代々この国の慣習で、王太子が一定の年齢を迎えても妃も婚約者もいなかった場合は、年頃の貴族の娘が王宮に集められ、王太子と交流を深めるといういわゆる「花嫁選考会」が催《もよお》されることになっていた。

ちょうど年頃で恋人も婚約者もいなかったオルタンシアにもお声がかかり、「社交の経験だと思って軽い気持ちで行ってごらん」という父の勧めに従い、残念公爵令嬢はのこのこと王宮に上がったのだ。

しかし花嫁選考会の場でも、オルタンシアは浮いていた。

きれいに着飾り、ことあるごとに王太子殿下へのアピールを欠かさない他の妃候補はきらきらと

まった。

引け目を感じたオルタンシアは、必要なとき以外はずっと部屋に閉じこもってばかりになってし
(現実逃避に、読書や刺繡《ししゅう》に没頭してたっけ……。我ながらに地味すぎる)

それぞれの候補に設けられていた王太子殿下との交流の時間も、ひたすら気まずい沈黙に陥《おちい》らな
いように王太子に気を遣わせてばかりだった。

きっと皆、オルタンシアをライバルだとは見なしていなかっただろう。

そんな中、父が突然の病に倒れ帰らぬ人となった。

(あのときは驚いたな……。全然そんな予兆はなかったんだもん)

一時的に王宮から公爵家へ戻ることが許されたオルタンシアは、父との早すぎる別れに涙をこぼ
した。

相変わらず義兄のジェラールはオルタンシアとは口も利かず、時折こちらへ向けられる視線は冷
たかったけど……オルタンシアは漠然と彼の身を案じていた。

父の死によって、義兄は若くして公爵位を継ぐことになったのだ。

葬儀の日も、彼は涙一つ見せず毅然《きぜん》とした態度を貫いていた。

でも、きっと辛《つら》いに違いない。

私がもっとしっかりして、お兄様を支えて差し上げなければ。

身の程知らずにも、オルタンシアはそんなことを考えたものだ。

（お兄様からすれば、いい迷惑だったのにね）

王宮に戻されたオルタンシアは、どんどんと白熱していく花嫁選考会をよそに、いつここから帰れるのかということばかり考えていた。

公爵家に戻ったら、少しでも兄の力になれるように勉強をしなければ。

そんなふうに考えていたときだった。

王宮を……いや、国中を揺るがす事件が起こったのは。

妃候補の一人が、毒殺されかけた。

幸いにも医師の処置が早く一命をとりとめたが、あと少し遅れていたら命はなかったらしい。

その話を聞いて「なんて恐ろしい」と震えあがると同時に、オルタンシアは容疑者として捕らえられていた。

なんでもオルタンシアが怪しい行動を取っていたと証言する者や、ターゲットとなった令嬢と揉《も》めていたと証言する者が複数いたらしい。

（嵌《は》められたってことすら気づかずに、ひたすらおろおろしてばっかりだったなぁ……。「いつの間に私のドッペルゲンガーが現れたの⁉」って馬鹿なこと考えたりして）

ずっと部屋にこもってばかりで味方もおらず、ろくにアリバイがないのも悪かった。

反論する暇もなく、オルタンシアは犯人扱いされてしまったのだ。

ジェラールは義妹であるオルタンシアを助けようとはしなかった。

「冷酷公爵」として名を馳《は》せ始めていた彼は、その名に違《たが》わず義妹を切り捨てたのだ。

罪人として捕らえられ、尋問され……最後にはあっさりと処刑され……。

（思い返せばなんとまあ、運のない人生だったね……）

◇◇◇

「初めまして、オルタンシアお嬢様。お嬢様の教育係を担当させていただきます、アナベルと申します」

「…………はじめまして」

……今のところ、何もかもが一度目の人生と同じように進んでいる。

公爵邸へと足を踏み入れてすぐに、教育係となるアナベルという女性と引き合わされた。

（本当は「はじめまして」じゃないんだけどね……）

実は一度目の人生（？）でもアナベルはオルタンシアの教育係を務《つと》めていた。

アナベルはキラリと光る眼鏡の奥から、侮蔑交じりの視線でこちらを見据《みす》えている。

彼女はヴェリテ公爵家傘下の家の由緒正しい貴婦人であり、オルタンシアのような躾《しつけ》のなっていない妾腹《しょうふく》の娘が大っ嫌いなのだ。

（一度目の人生では、これでもかっていうくらいビシバシしごかれて、何度涙を流したことか……）

くどくどと、この屋敷で過ごす際の注意事項と、公爵令嬢としての心得を説《と》くアナベルに、ついついため息が出そうになってしまう。

「まぁまぁ、アナベル。オルタンシアも疲れているだろうし、まずは食事にしようじゃないか」

父の取りなしもあって、アナベルのお説教から解放され食堂へと通される。

（はぁ……それにしても懐かしいな）

正直、この屋敷にいい思い出はあまりない。

けれども妃候補として王宮に上がってからは、不思議とオルタンシアはこの屋敷に帰りたくて仕方がなかった。

（まさかこんなふうに一度死んでから戻ってくるなんて、思ってもみなかったけどね……）

「オルタンシアお嬢様、こちらへどうぞ」

席に通され、すぐに食事が運ばれてくる。

祈りの言葉を唱え、何の気なしに食事を進めていると……父が驚いたようにこちらを見ているのに気が付いた。

いや、それだけではなく……。

（え、みんなこっち見てるけど……なんで⁉）

よく見ると、父だけではなくて、アナベルや他の使用人も目を丸くしてこちらを見ているではないか。

(……あれ、私なにかまずいことしちゃいました!!?)

内心あわあわしていると、目を丸くしたままの父がぽつりと問いかけてきた。

「驚いたな……オルタンシア、食事のマナーが完璧じゃないか。いったいどこで習ったんだい?」

………そうだった!

一度目の人生のこの時点——公爵家に引き取られたばかりのオルタンシアは、もちろん貴族の食事のマナーなんて知らなかった。

公爵邸に着いて最初の食事の場であるここでみっともない失敗をして、アナベルや他の使用人には「躾のなっていない山猿のようですね」と盛大に嫌味を言われたものだ。

アナベルに馬鹿にされながら血の滲む苦労をして、なんとかマナーを会得したのだが……。

(どどど、どうやって誤魔化そう!!?)

まさか正直に「未来で殺されて過去に戻ってきたみたいです」なんて言うわけにはいかない。

「あ、あの……」

うろうろと視線を彷徨《さまよ》わせていると、離れた席に座っていた義兄ジェラールと視線が合ってしまった。

その途端絶対零度の視線に晒され、オルタンシアは体の芯から凍るような心地を味わった。

(ひぃ、怖! とと、とにかく何か言い訳しないと……! 助けてお母様!)

天国の母に助けを求めた途端、急にピキーンとアイディアが降ってきた。

もしかしたら、これで切り抜けられるかもしれない。

できるだけジェラールを視界に入れないように顔をあげ、オルタンシアは大きく息を吸うと堂々たる態度で嘘をつき通す。

「実は……お母様が教えてくださったのです」

(よし、おかしくは……ない、はず！)

オルタンシアの母は恋多き人で、ヴェリテ公爵の他にも幾人かの貴族の男性と懇意《こんい》にしていたようだった。

だから、母に教えてもらったという体《てい》なら貴族が食事をする際のマナーを会得していても、おかしくはないはずだ。

(……たぶん)

ドキドキと返答を待っていると、父は優しく微笑《ほほえ》んだ。

「……そうか、ベルナデットが……。もしかしたら彼女は、将来こうなることを見越していたのかもしれないな」

そう言って、父は感傷《かんしょう》モードに入ってしまった。

その様子を見て、オルタンシアは心の中で安堵《あんど》のため息を漏《も》らす。

……ジェラールの様子を確認しようかとも思ったが、怖くてそちらは向けなかった。

（……よし！　なんとか切り抜けられたみたい!!）

その後も何度か話を振られることはあったが、オルタンシアはしどろもどろになりつつもなんとか言葉を返すことができた。

一度目の人生とは違い、失敗を咎《とが》められることもなく、オルタンシアは公爵家に来てはじめての食事を無事に終えることができたのだった。

◇◇◇

「…………はぁ」

ごろんと天蓋付きのベッドに横になり、オルタンシアは大きくため息をついた。

新たな公爵令嬢のために完璧に整《ととの》えられた部屋は、孤児院で過ごしていたころに比べると卒倒しそうになるくらいに広い。

「本当に、何もかもが同じなのね……」

公爵家にやってきてから、一度目の人生とまったく同じことが起こっている。

少し違うのは、一度公爵令嬢としての経験を積んでいるから、変なところで怒られなかったということくらいだろうか。

「……本当に、いったいどういうことなんだろう」

オルタンシアはおそるおそる自分の首筋に触れてみたが、当然切断されたような形跡はない。

滑らかな肌の感触に、ついつい安堵のため息が漏れた。

(私は妃候補として王宮に上がって、冤罪で処刑されて……死んだはずなのに。あれは……長い長い、夢だったの？)

……いいや、そんなわけがない。

公爵家に引き取られてからの十年ほどの記憶も、夢というには鮮明すぎるほど残っているのだ。

慣れない場所で一人ぼっちの辛さも、すべてに見捨てられ処刑される絶望も……はっきりと、心に刻まれている。

「なんでかはわからないけど、時間が巻き戻ったって考えた方がいいよね」

だとしたら、少し希望があるかもしれない。

公爵令嬢としてのマナーを最初から身に着けていたおかげで、一度目とは違いアナベルの叱責を受けずに済んだ。

つまり、やり方次第では一度目とは別の未来に進むかもしれないのだ。

もちろん、オルタンシアの目的はただ一つ。

(冤罪で処刑されるなんてまっぴらごめん！　今度は絶対に生き残ってやるんだから！)

がばりと起き上がり、オルタンシアはふむ……と思案した。

このままぼやぼやしていれば、一度目の人生の二の舞になってしまう。

なんとしてでも、生き残る方法を探さなければ。

(妃候補の打診を断る？　でも、年頃の公爵令嬢の私が選考会に行かないのは不自然だし……その前に誰かと婚約する？　でも、誰と？)

駄目だ、考えれば考えるほど頭がこんがらがってくる。

一度目の人生で、オルタンシアは何もかもが不器用すぎた。

いきなり公爵令嬢になったことに戸惑い、怯え……誰かに助けを求めることもできず、簡単に陰謀に嵌められてしまった。

だから今度は、できるだけ今のうちから生存フラグを立てるだけ立てておかなければ。

まず、今できそうなのは……。

「……お兄様と、仲良くならなきゃ」

最悪一度目と同じような未来に進んで冤罪を吹っかけられても、公爵であるジェラールがオルタンシアの身の潔白を主張すれば、あそこまでやられっぱなしにはならないはずだ。

きちんと捜査してもらえれば、無罪を証明できる……と信じたい。

(そのためにはなんとかお兄様と良好な関係を築いて、味方になってもらいたいけど……)

オルタンシアの脳裏にジェラールの絶対零度の視線が蘇《よみがえ》る。

あの冷たい眼差《まなざ》しに射抜かれただけで、凍り付いたように動けなくなってしまうのに……。

「最初っから、ハードル高すぎない……!?」

あまりにも高い壁を前に、オルタンシアは頭を抱えゴロゴロとベッドの上を転がるのだった。

◇◇◇

翌朝、起床したオルタンシアは緊張しつつも食堂へと足を進めた。

（なんとか、お兄様を味方につけないと……）

しかしどうすればいいのだろう。

うんうん唸《うな》りながら歩いていると、ちょうど廊下でなにやら話をしていた父と義兄の姿が目に入る。

（うっ、心の準備が！）

まさかこんなに早く遭遇するとは思っていなかったので、具体的にどうするのかはまったく決まっていない。

とりあえず作戦会議を……と踵《きびす》を返そうとしたが、ばっちり父と目が合ってしまう。

（あぁ、お父様！　そんなにいい笑顔を向けないでっ！）

見つかってしまった以上、ここから逃げ出すのも変だろう。

覚悟を決めて、オルタンシアは震える足を進めた。

（笑顔、笑顔……）

――「いい？　オルタンシア。たとえどんなにムカつく奴《やつ》が目の前にいても、笑顔を絶やしては駄目よ。女の笑顔は相手を油断させるトラップなんだから」

いつか母から聞いた言葉が頭をよぎる。

オルタンシアはぴくぴくと頬をひきつらせながらも、愛らしい笑顔を浮かべてみせた。

――「新しいお友達と出会ったら、大きな声で挨拶をしましょうね。そうすればすぐに仲良くなれるわ」

優しい笑顔の、孤児院の先生の話が頭をよぎる。

テンパっていたオルタンシアは、「とりあえず笑顔で挨拶をしなければ！」と使命感にかられ、口を開いた。

「おはようございます、お父様。おに――」

父からジェラールに視線を移した途端、オルタンシアは固まってしまう。

彼は相変わらず、見る者を凍らせるような冷たい視線でこちらを射抜いていたのだから。

（いきなり「お兄様」なんて馴《な》れ馴《な》れしすぎない⁉　失礼だよね⁉　えっと、こういうときは……）

オルタンシアは今にも泣きだしたくなるのをなんとか堪え、ジェラールに向かって口を開いた。

「おはようございます、ジェラール様」

「私はちゃんと謙虚に一線を引いてますよ」アピールである。

だがその瞬間、ジェラールがかっと目を見開き、あたりにブリザードが吹き荒れた……ような幻覚に襲われた。

身も心も凍り付くような冷たい空気に、オルタンシアの笑みは一瞬でひきつってしまう。

(ひぇっ、ダメだった⁉　私みたいな虫けらが声をかけること自体がおこがましかったんですか‼?)

「…………フン」

ジェラールは興味なさそうに鼻を鳴らすと、そのままくるりと背を向け、オルタンシアの前から去っていく。

彼の姿が遠ざかるにつれて、やっと体が温度を取り戻していくような気がした。

(よかった、生きてる……じゃなくて！　全然よくない‼)

……どう考えても、好感度はプラマイゼロかむしろマイナスに傾《かたむ》いている。

この状態からジェラールを味方につけるヴィジョンがまったく思い浮かばず、オルタンシアは途方に暮れてしまった。

「おはよう、オルタンシア。昨日はよく眠れたか？」

爽《さわ》やかに声をかけてきた父に小さく頷《うなず》くと、彼は少し困ったように笑った。

「ジェラールのことなら気にしないでくれ。気難しい年頃で……けっして君のことを嫌っているわけじゃないんだ」

父はそうフォローしてくれたが、オルタンシアの心はずっしりと重かった。

（いやいや、あの眼差しはどう考えても私のことミジンコ以下だと思ってますよね？　頑張って姿を見せないのが一番好感度減らないような気がしてきた……）

しかしそれだと一度目の人生の二の舞だ。

とぼとぼと歩きながら、オルタンシアは小さくため息をつく。

（私はお父様の愛人の子［仮］で、実際はお父様の血を引いているかどうかも定かじゃない。お兄様からすれば、突然やってきた孤児院育ちの娘を家族……というよりも、公爵家の一員だなんて受け入れられるはずがないよね）

むしろ積極的に挨拶してしまったことで、「なんて馴れ馴れしくて図々《ずうずう》しい女だ……！」と好感度ダダ下がりになってしまったかもしれない。

（はぁ、こんな調子で大丈夫かな、私……）

どんよりした気分のまま、オルタンシアは父に促《うなが》されるようにして食堂に足を踏み入れた。

◇◇◇

結局、朝食の最中も恐れ多くてジェラールに話しかけることはできなかった。

もちろん、彼は一度もオルタンシアの方を見なかったし、空気のように存在を無視していた。

（……うん。もうお兄様と良好な関係を築くのは諦めた方がいいかもしれない！）

そんなふうに投げやりな気分になっていると、父が声をかけてきた。

「オルタンシア。これから君の洗礼式のために大聖堂に向かうことになる。準備をしてきなさい」

（あっ、そういえばそんなこともあったっけ……）

この国では聖堂に一定額お布施をすることで神々の洗礼を受けることができ、加護を授かるという儀式がある。

庶民にはお金がなくて洗礼を受けない人も多いが、貴族の子どもはたいてい生まれてすぐに洗礼式を行うようになっているのだ。

どんな加護を授かるかはその人の資質によるものが大きく、一度目の人生でオルタンシアの授かった加護は……正直貴族としては弱すぎるものだった。

だから、洗礼式を受けたこと自体を忘れてたくらいだ。

（でも、特に断る理由もないわ。一度目と同じように、大聖堂に向かいましょうか……）

◇◇◇

何度来ても、王都の大聖堂を前にすると感心してしまう。

この国を守護する女神――アウリエラの大聖堂。

目の前にそびえたつ巨大な大聖堂は、日の光を浴びて白くきらめいていた。

「ここに来るのははじめてか？」

「は……はい。いつもは小さな教会しか行ったことがなかったので……」

（本当は前の人生で何度か来たことがあったけどね）

怪しまれないようにあちこちをきょろきょろ見回し、いかにも「はじめて来て圧倒されてます」感を出しながら、オルタンシアは父の後に続いた。

先に話を通してあったのか、大聖堂内に足を踏み入れた途端、司教が出迎えてくれる。

（さすがは名門公爵家の当主。特別待遇がすごい……！）

驚くオルタンシアに視線をやり、司教は微笑んだ。

「よくぞいらっしゃいました。ほぉ……こちらがヴェリテ公爵家の──なんともお可愛《かわい》らしいお嬢様ですね」

「私の娘、オルタンシアだ。司教、話した通りに彼女に洗礼を」

「承知いたしました。さぁこちらへ、どうぞ」

司教に導かれるままに、オルタンシアは大聖堂の奥へと進んでいく。

たどり着いたのは、女神アウリエラを象《かたど》った大きな像の目の前だ。

「さぁ、こちらに跪《ひざまず》いて……すぐに、女神様があなたに新たな名と加護を授けてくださいます」

言われた通りに女神像の前に跪くと、司教はやたらと長い祈りの言葉を唱え始める。

一度目の人生のときはずいぶんとドキドキしたものだけど、今のオルタンシアはどこか投げやりな気分だった。

女神の洗礼を受けることにより、人は新たな名――洗礼名と加護を授かることができる。

ちなみに加護の強さは洗礼名の長さに比例していて、洗礼名が長ければ長いほど強い加護を持っているのだが……。

オルタンシアの前世の洗礼名は――「レミ」。

なんと二文字なのである。控えめに言っても短すぎる名前だ。

貴族ならばたいてい四文字くらいの名を授かることが多いので、その点でもオルタンシアはよく馬鹿にされたものだ。

加護も「凶事を遠ざける」というふわふわしたものだったが、考えてみればまったく遠ざかっていた気がしない。

(思いっきり凶事に巻き込まれて処刑されましたし……！)

ちなみに義兄ジェラールの洗礼名は「アドナキオン」。

なんと六文字である。この長さは王族にも匹敵して、洗礼名を名乗っただけで相手が「ははっー！」ってひれ伏すくらいの威力を持っているのだ。

どんな加護を受けているのかは知らないが……きっととんでもないパワーなんだろう。

そんなことを考えているうちに、司教の祈りの句が終わりかけていた。

「女神アウリエラよ。どうかこの者に新たな名と加護を与えたまえ」

そうして司教は、こちらを見つめて口を開く。

「そなたの新たな名は……『アルティエル』」

「えっ⁉」

まさかの展開に、オルタンシアはあんぐりと開いた口がふさがらなかった。

（そんな、前と違う⁉）

驚いて顔をあげた拍子に、びゅう、と強い風が吹き付け、とっさに目を瞑《つむ》ってしまう。

そして次に目を開けたとき、オルタンシアは上下左右どこを見ても真っ白な謎の空間にいたのだ。

（……なにこれ！　どうなってるの⁉）

《……シア、オルタンシア、聞こえますか？》

「ひゃあぁぁ⁉」

わけもわからずおろおろしていると急に頭の中に声が響いて、反射的に情けない悲鳴をあげてしまった。

すると、徐々に霧が晴れるように……目の前に、女神アウリエラの像が姿を現したのだ。

いきなりの登場に、オルタンシアはぽかんとしてしまった。

「え、えっと……？」

《あまり時間がありませんので、簡潔にお伝えしますね》

「はっ、はいっ！」

……もしかすると、この声は目の前の像から聞こえてきているのだろうか。

（ということは、この声の主はまさか……女神様⁉）

《オルタンシア。あなたは……一度目の人生のことを覚えていますか？》

「はえっ⁉」

いきなりの問いかけに、オルタンシアは驚きのあまり奇声をあげてしまった。

自分以外誰も、時間が巻き戻ったことに気づいてはいなかった。

自分でも「長い夢だったのではないか……？」と疑い始めていたところだったのだ。

「……あれは、本当にあったことなんですか⁉」

《あのできごとは夢や幻ではありません、実際にあったことなのです》

「そんな……じゃあ、どうして私は生きているの⁉」

《あなたの死をきっかけに、世界は均衡《きんこう》を失い混沌《こんとん》の時代へと突入しました。あまりにも多くの命が失われたため、あなたを起点として時間を巻き戻したのです》

「…………???」

まったく理解が追い付かず、オルタンシアは首をかしげてしまった。

（え、世界がどうとかはよくわからないけど……とにかく、私が処刑されたのは夢じゃなくて実際にあったことで、女神様が時間を巻き戻したってこと？）

必死に頭をひねっていると、更に女神の声が響く。

《まずは、あなたの死後のことをお話ししましょう。あなたが亡くなった後再び捜査が行われ、あなたにかけられていた冤罪は晴れ、あなたの汚名は濯《そそ》がれました》

「誰かが……私のために力を注《そそ》いでくださったのですか？」

《いいえ。あなたのためというよりは、暗殺の標的となったデンダーヌ伯爵令嬢が妃に決まりそうになったので、それを阻止するという意味合いが強いですね》

（私のためじゃないんかーい！）

一瞬感動しかけたが、オルタンシアはすぐに脱力してしまった。

現実はどこまでも無情だったようである。

《結果としてはデンダーヌ伯爵令嬢の自作自演が暴《あば》かれ、あなたの汚名は濯がれました。あなたは償いの意味を込めて、聖女として列聖されました》

「自作自演だったんですか……」

どうやらデンダーヌ伯爵令嬢は王太子の関心と同情を引くために、一か八かで自ら毒を飲んだようだ。

オルタンシアには理解できない行動だ。

（彼女が特に交流もない私を犯人に仕立て上げたのは……誰からも信用されてない引きこもりだったからですね、はい）

オルタンシアはただ、手軽に悪役に仕立て上げられる人間として生贄《いけにえ》になったのだろう。
そう考えると、あまりの情けなさに乾いた笑いが漏れてしまう。
《これにて王国は平静を取り戻したかに見えましたが、一人、静かに理性を失い、壊れていく者がいました。……ジェラール・アドナキオン・ヴェリテ。あなたの義兄です》
「えっ、なんで⁉」
オルタンシアの汚名も濯がれたのなら、義兄や公爵家にとって願ってもない結果のはずなのに……。
《ジェラールはあなたの無罪を信じてあげられなかったことを、そしてあなたを救えなかったことを来る日も来る日も悔やんでいました。そして、あなたの潔白が証明された際に……ついに憤怒《ふんぬ》が爆発したのです》
「えっ？　お兄様にそんな人間らしい感情があったんですか？」
《彼は王宮に乗り込み、幽閉の身であったデンダーヌ伯爵令嬢への面会を要求しました。それが拒否された末に……王族を含む、居合わせた数十名を殺害したのです》
「……え？」
《幽閉の身となっていたデンダーヌ伯爵令嬢も彼の手にかかって死を遂げました。それでもジェラールの怒りは収まらず、ついにはその激情に共鳴した魔神をも呼び起こしてしまったのです》
「…………いやいや、ちょっと待ってください。わけがわかりません」

《彼は魔神と融合し魔王となり、魔王の出現により世界は混沌の時代へと突入しました。争いが争いを呼び、多くの血が流され、命が失われたため……こうして時間を巻き戻したのです》

「スケールが大きすぎてついていけません!!」

わけがわからなすぎて、オルタンシアはついに頭を抱えてしまった。

(魔王ってなに⁉　なんで私の冤罪からそこまで飛んじゃったの⁉　というよりも、そもそも――)

「私が冤罪で死んだからお兄様が怒るって、おかしいと思います」

だって、ジェラールは公爵家の面汚《つらよご》しであるオルタンシアのことが大っ嫌いなのだ。

死んだことを喜びはすれど、救えなかったことを悔やみ続けるなんて、とてもじゃないけど信じられなかった。

《……オルタンシア、目に見えるものがすべてではありません。ジェラールは確かに、あなたのことを愛していたのです。……その愛によって、世界を壊してしまうほどに》

「そんな……」

《……もう、時間があまり残されていません。私がこうしてあなたに話しかけられるのも、あと少しだけ。オルタンシア、今から伝えることをよく覚えておいてください》

問いただしたいことはいろいろあったけど、今はとにかく女神の言うことを聞いておいた方がよさそうだ。

そっと頷くと、女神は優しく語りかけてくる。

《時間が巻き戻ったとはいえ、あなたは一度聖女として列聖された身。その魂に、より強い加護を授けました。きっとあなたの助けとなることでしょう》

どうやら一度目のときより洗礼名が長くなっていたのは、そんな理由があったようだ。

《オルタンシア、どうかジェラールに寄り添い、彼を正しい道へと導いてあげてください。彼の秘める力は強大で、使い方によっては世界を滅ぼす剣にもなりかねません。彼を救うことができるのは、あなただけなのです》

「え、無理です」

《頼みましたよ、オルタンシア。どうかあなたに、幸があらんことを……》

「ちょっと待って！　無理ですって!!」

（あの塩対応のお兄様に寄り添うとか、絶対無理です！　失敗するに決まってる!!）

だが女神が言いたいことを言い終えると声は止《や》み、その途端、一気に白い霧が晴れて周囲の景色や喧騒《けんそう》が戻ってくる。

呆然としていたオルタンシアの耳にも、聞き覚えのある声が届いた。

「素晴らしいことです、公爵閣下！」

「まさか、こんなことが起こるとは……オルタンシア」

急に呼びかけられ、慌てて振り向くと……司教と話していた父が急ぎ足でこちらへ近づいてくるところだった。

「君の授かった名は『アルティエル』。ジェラールと同じく、王族にも引けを取らないほど尊《とうと》い名だ。これからは堂々と、オルタンシア・アルティエル・ヴェリテと名乗りなさい」

「公爵閣下、これほどの強い加護を持つ乙女《おとめ》でしたら、すぐにでも聖女の称号を授かることもできましょう。ぜひとも、我々にご令嬢を預けてはいただけ――」

「いや、それはできない。やっと出会えたばかりの娘なんでね、しばらくは手元で甘やかしたいんだ」

そう言って司教の提案を撥《は》ねのけると、父は何か企むような笑みを浮かべていた。

「公爵閣下！　どうか、お考え直しを――」

「さぁ行こう、オルタンシア」

なおも言い縋る司教を振り切るように、父はオルタンシアを抱き上げると颯爽《さっそう》と歩き出す。

「これはおもしろいことになったな、オルタンシア。今に各地の王侯貴族から、縁談の申し込みが殺到するだろう」

「えっ⁉」

父は何がおもしろいのか、くつくつと笑っている。

そんな父とは対照的に、オルタンシアはぐったりしてしまった。

（はぁ……よくわからないけど大変なことになっちゃったみたい）

父に身を預けながら、オルタンシアはぼんやりと先ほどの女神の言葉を反芻《はんすう》する。

（確かこのままほっとくとお兄様がやばいからなんとか正しい道に引き戻せ……みたいなこと言ってたよね。うーん……）

女神の言葉は眉唾物《まゆつばもの》だが、図らずも「生き残るためにジェラールを味方につける」というオルタンシアの目的と合致していた。

（何はともあれ、まずは……ジェラールお兄様を懐柔する方法を探さなくちゃ。……そんな方法、あるの？）

最初の……そして最大のミッションを前に、オルタンシアは途方に暮れていた。

第2章　女神様の加護

――《オルタンシア、どうかジェラールに寄り添い、彼を正しい道へと導いてあげてください。彼の秘める力は強大で、使い方によっては世界を滅ぼす剣にもなりかねません。彼を救うことができるのは、あなただけなのです》

オルタンシアが洗礼式で女神のお告げ（らしき何か）を聞いてから三日が経《た》った。

女神によると、オルタンシアがジェラールの闇落ちを防がないとこの世界自体が危ないらしいが……。

（いやいや、本当に無理ですって。女神様、どう考えても人選間違えてますよ）

ベッドの上でふわふわのクッションを抱きしめながら、オルタンシアは大きくため息をついた。

オルタンシアが王族にも匹敵する強力な洗礼名と加護を得たことで、ヴェリテ公爵邸はちょっとした騒ぎになった。

「汚らわしい娼婦《しょうふ》の子のくせにっ！」というような蔑視の視線は少なくなったが……代わりに得体のしれない珍獣を見るような目で見られるのである。

肝心のジェラールは、「さすがは我が妹だ……！」と手のひらを返すようなこともなく、相変わらずオルタンシアをガン無視する始末。

この状況に疲弊したオルタンシアは、屋敷《やしき》に来てたった三日で引きこもりと化し、用のないときはこうして自室警備員をまっとうしているのだ。

このままでは一度目の人生の二の舞だとはわかっているが、どうにも突破口が見えないのである。

（女神様も大変なこと頼むならもっとヒントとかくれればいいのに！）

ひたすら怠惰な時間を過ごしていたオルタンシアだが、不意に自室の扉を叩《たた》かれ、シュバッと起き上がった。

慌ててソファに腰掛け近くの本を手に取り、「優雅に読書をしておりましたの」という空気を醸《かも》し出《だ》す。

そこまで準備ができたところで、息を整え扉の向こうに声をかけた。

「どなたでしょうか」

「オルタンシアお嬢様、使用人のパメラです。入室してもよろしいでしょうか」

「どうぞ、お入りくださいな」

許可を出すと、いそいそと若いメイドが部屋へ足を踏み入れた。

その姿を見て、オルタンシアは目を丸くした。

（あれ、この人……）

やってきたのは、どこか田舎娘《いなか》のような風貌の女性だった。

オルタンシアは彼女を知っていた。

（パメラ……そっか。このころはまだお屋敷に勤《つと》めてたんだ……）

「お茶をお淹《い》れしますね～」と上機嫌にティータイムの準備を進めるパメラを見て、オルタンシアは懐かしさに胸が締め付けられるようだった。

一度目の人生でも、パメラは同じように公爵邸に勤めるメイドだった。

だいたいの使用人に「妾《めかけ》の子が偉そうに……」と邪魔者扱いされていたオルタンシアだが、パメラだけは違った。

「私にもお嬢様と同じくらいの年の妹がいるんですよ！」と、よくオルタンシアのことを可愛《かわい》がってくれたものだ。

オルタンシアもパメラのことは信頼していた。少しそそっかしいところもあるが、心根はまっすぐなのがよくわかったからだ。

貴族社会では本音《ほんね》と建前を使い分けることが必要だと教育係のアナベルに教えられていたが、彼女のような純真な人間がオルタンシアは好きだった。

（でも……あまりにもまっすぐすぎるせいで、パメラは……）

彼女の純朴さは、ある種の人間にとっては鼻につくのだろう。

もしくは使用人同士の諍《いさか》いの中で、オルタンシアを庇《かば》って恨みを買っていたのかもしれない。

オルタンシアが屋敷にやってきて、そう日も経たないうちに……パメラは、屋敷内の備品を盗んだという罪で糾弾されたのだ。

「違う、私は盗みなんて働いていません！」

パメラはそう主張したが、誰も信じなかった。

なんでもパメラの荷物の中から、盗まれた備品が見つかったのだとか。

……パメラがそんなことをするはずがない。

オルタンシアはそう信じていたが、何も言えなかった。

パメラを庇い、ますます他の使用人に嫌われるのが怖かったのだ。

結局、不祥事が表ざたになることを嫌った公爵によって、パメラは治安隊に引き渡されこそしなかったものの、解雇され公爵邸を去っていった。

たった一人の味方を失い、オルタンシアはますます孤独を深めていったものだ。

（……もしあのとき、パメラを庇っていれば……何かが変わっていたのかな）

パメラがいなくなった後、オルタンシアは何度も何度も後悔した。

今でも、パメラがそんなことをするはずがないと信じている。

どうせパメラのことを気に入らない他の使用人によって、濡《ぬ》れ衣《ぎぬ》を着せられたのだろう。

（あれ……でも私、この後に起こる未来を知ってるってことだよね？）

いつパメラが濡れ衣で、公爵邸を追い出されるのか、オルタンシアはよく覚えている。

（も、もしかしたら……パメラがいなくなるのを防げるかも！）

パメラがいなくなったら寂しい。

前世は無力なオルタンシアは何もできなかったが、少なくとも今は違う。

（私は未来を知っている。それを変えることもできるはず。なにしろ女神様がそう言ってたからね！　あなたの無念は私が晴らしてみせるわ、パメラ！　未来を変える練習にもなりそうだしね！）

キラキラとやる気に満ちた視線でこちらを見つめるオルタンシアに、何も知らないパメラは不思議そうに首をかしげた。

◇◇◇

しかしパメラを助けるにはどうすればいいのだろう。

再び自室でゴロゴロしながら、オルタンシアは思案した。

（盗まれた屋敷の備品がパメラの荷物の中から見つかったんだよね。……誰かに入れられたってこと？）

誰かがパメラを陥《おとしい》れるために、わざと彼女の私物の中に盗品を仕込んだのだ。

うまく冤罪《えんざい》だと証明できれば、パメラの濡れ衣が晴らせるだろうが……。

「どうすればいいのよ～！」

枕をぎゅっと抱きしめて、小さな足をジタバタさせながらオルタンシアは唸《うな》った。

いくら犯人を見つけたいと思っても、四六時中パメラに与えられた使用人の部屋を見張っているわけにもいかない。

他にオルタンシアに取れる手立てなんて――。

「あっ、そうだ」

(私……女神様に新しい加護貰《もら》ってたんだった！)

ようやくそのことを思い出したオルタンシアは、慌てて棚にしまわれていた命名状を引っ張り出した。

命名状には、洗礼の際につけられた新たな名と、加護についての詳細が載っていたはずだ。

洗礼式当日はバタバタしていてゆっくり確認する余裕はなかったが、命名状を見れば加護についてもわかるだろう。

おそるおそる書状を開いて、オルタンシアは仰天した。

「加護多いな！」

そこにはずらずらと、オルタンシアに与えられた(らしき)加護が羅列されていたのである。

(本当にこんなに加護があるの⁉　全然気づかなかったんですけど)

「でも、これを使えば……！」

パメラの冤罪を防げるかもしれない。

オルタンシアはごくりと唾を飲み、作戦を考え始めた。

「オルタンシアお嬢様、失礼いたします！」

翌日、パメラは元気よくオルタンシアのもとへやってきた。

そんなパメラに笑顔で応えながら、オルタンシアはおずおずと小さな鉢植えを手に取った。

「あのね、パメラ。昨日お庭に出たら、とってもきれいなお花が咲いていたから、パメラにもあげようと思って……」

（大丈夫⁉　不自然じゃない⁉　七歳の子どもってこんな感じで良《い》いのかな⁉）

できるだけ「七歳の純真な少女」に見えるように気を付けながら、オルタンシアは何度も練習したセリフを口にする。

「いつもパメラは私の部屋のお花の世話をしてくれるでしょう。私、急に広いお屋敷に来てしまって心細いけど……パメラが世話してくれたお花に元気を貰ってるの！　だから……パメラにもきれいなお花をあげるね！　私だと思って大事にしてほしいな‼」

精一杯愛らしく見えるような笑顔を浮かべながら、昨日庭で適当に見つけた花の鉢植えを差し出す。

パメラは驚いたように、そんなオルタンシアを見つめていた。

（うっ……変だったかな⁉　さすがにこんな汚い鉢植えじゃダメだった⁉）

その辺で土に埋もれかけていた鉢植えを発掘して、適当な庭の花を植えただけなので、正直インテリアとしても微妙な出来だった。

もっと凝ったものにすればよかった……と、オルタンシアが後悔し始めたころ――。

「お、お嬢様にそう言っていただけるなんて……」

急に、パメラはぼろぼろと泣きだしたのだ。

（⁉　なんで泣くの⁉）

「私……田舎者で気が利《き》かなくて、失敗ばかりで、もう何度もこのお仕事を辞めようかと思っていたんですけど……ありがとうございます、お嬢様！」

パメラはぼろぼろ泣きながらも、笑顔でオルタンシアの鉢植えを受け取ってくれた。

そのあまりの喜びように、オルタンシアはちくちくと罪悪感を刺激されてしまった。

（うっ……こんなに喜んでくれるならもっとちゃんとしたのにすればよかった……。でも、これがパメラの冤罪を晴らす突破口になってくれるはず……！）

「大切にしますね！」と嬉《うれ》しそうなパメラに頷《うなず》きながらも、オルタンシアは幼子らしからぬ打算に満ちた目で、鼻歌を歌いながら掃除を進めるパメラの背中を追った。

◇　◇　◇

ほどなくしてXデーはやってきた。

屋敷の廊下に飾ってあった純金のカエルの置物が、忽然《こつぜん》と姿を消したのである。

（いや、そんな物飾っておくなよって感じだけどね……）

いまいち趣味がいいとも思えない置物だが、純金製なだけあってもちろん価値はある。

当然屋敷内は騒ぎになり、犯人探しが始まった。容疑者として名が挙がったのは……パメラだ。

オルタンシアの記憶通りに、事態は進んでいく。

（でも、今度は止めてみせるわ）

自身の処刑台行きを避けるためにも、手駒……ではなく味方は多い方がいい。

現在孤立無援状態のオルタンシアにとって、パメラが確保できれば大きな戦力となるだろう。

「あの田舎娘、旦那様の執務室に呼ばれたそうよ」

「嫌だわ、同僚が犯罪者だなんて。旦那様もさっさと治安隊に引き渡せばいいのに」

女神に与えられた加護の一つ――《聞き耳》で使用人たちのヒソヒソ話をキャッチしたオルタンシアは、意を決して自室から足を踏み出した。

向かうのは父――ヴェリテ公爵の執務室である。

「いい加減にしなさい！　正直に話せば公爵様が温情をかけてくださるとおっしゃっているのに、見苦しい……！」

「でも、私は本当にやってないんです！」

執務室の前にたどり着くと、さっそく中からそんな言い合いの声が聞こえてきた。

――「違います、私はやっておりません……。私はけっして、暗殺を企《たくら》んだりなど――」

一瞬だけ、時間が戻る前のことが頭をよぎる。

(……大丈夫。もう、あんな未来には進まないんだから)

大きく息を吸いこみ、オルタンシアは背伸びして執務室の扉を叩いた。

一瞬言い合いが止《や》み、すぐに扉が開く。

オルタンシアに気づいた父が、驚いたように目を丸くした。

「オルタンシア……? 済まないが、今は立て込んでいて――」

「いいえお父様。今でなければならないのです。パメラは私のお付きのメイドです。私にも、口を挟む権利があるのではないでしょうか?」

そう畳みかけると、父は驚いたように目を丸くした後……愉快でたまらない、とでもいうような笑みを浮かべた。

「これは一本取られたな。わかった、入りなさい」

(よし、第一関門突破!)

「子どもは下がってなさい」と追い払われることも想定していたが、なんとかうまく入り込むことができた。

やってきたオルタンシアを見て、執務室にいた者たちはぎょっとした表情になる。

（執事に、メイド長……まぁ、妥当な人選ね）

オルタンシアはぐるりと室内を見回し、今にも泣きだしそうな表情のパメラに視線をやる。

「お、嬢様……」

驚いた様子のパメラにこくりと頷くと、オルタンシアはそっと口を開いた。

「……パメラが、屋敷内の備品の窃盗の疑いをかけられたと聞きました。それは本当なのでしょうか」

「あぁ、本当だ。盗まれた備品については、彼女の私物の中から出てきたと報告が上がっている」

こんな状況だというのに、父はすこぶる愉快そうな笑みを浮かべている。

まるで「君はどうする？」とでも言いたげな視線に負けないように、オルタンシアは精一杯背筋を伸ばして胸を張った。

「パメラがそんなことをするはずがありません」

オルタンシアがそう主張すると、メイド長がやれやれとため息をつく。

「しかしながらお嬢様、既にパメラの私物の中から盗品が見つかっているのです。これは動かぬ証拠です」

「いえ、誰かに陥れられたということも考えられます。……ねぇパメラ、前に私があげた鉢植え、あなたの部屋にある？」

「はっ、はい……！　もちろん、毎日大切にお世話しております」

「誰か、パメラの部屋から鉢植えを持ってきてもらえる？　本当の犯人を見つけてみせるから」

オルタンシアの堂々たる態度に、執事もメイド長も困惑しているようだった。

だが父だけは、くつくつと笑うと控えていた使用人に鉢植えを持ってくるように命じる。

「それで、可愛い娘よ。君はどうするつもりなんだい？」

「……私が授かった加護の中には、『植物の記憶を読み取る』というものがあるの」

——《新緑の瞳》という加護は、植物に触れて念じただけでその植物の記憶を読み取ることができるという珍しい加護である。ただ何十年も前の記憶を読み取ることはできず、対象期間はせいぜい三日前までというところだろうか。

こんなピーキーなスキルどこで使うんじゃい。とオルタンシアは呆《あき》れたが、まさかの活用方法を思いついてしまったのだ。

（私がパメラに花の鉢植えをプレゼントすれば、その花がきっちりパメラの無罪を証明してくれるはずよ！）

すぐに、言われた通りに使用人がパメラの部屋から鉢植えを運んでくる。

オルタンシアが適当にプレゼントしたものだったが、パメラは鉢植えをきれいに磨《みが》き、花もきちんと毎日世話してくれていたようだ。

そっと鉢植えの葉に触れ、オルタンシアは強く念じる。

（お願い……パメラを陥れた犯人を教えて……！）

頭の中に、植物の記憶が流れ込んでくる。しばらくの間は……特に異状はなく無人の部屋が映し出され、たまにパメラが出たり入ったりするだけだったが……。

（来た！）

不意に扉が開いたかと思うと、顔をのぞかせたのはパメラではなく別のメイドだった。

パメラよりも少し年上の女性だ。マスターキーを手にした彼女は、懐《ふところ》に抱えた包みから純金のカエルを取り出すと、素早くパメラの荷物の中に押し込んだ。

そして意地の悪い笑みを浮かべて、部屋を出ていってしまう。

（なるほど……ね）

オルタンシアはくるりと父の方へ向き直ると、自信満々に告げた。

「お父様、犯人がわかりました。ですが私はまだ使用人の顔と名前が一致しないので……皆をホールに集めてもらってもよろしいですか？」

（さぁ、反撃開始よ）

にやりと笑ったオルタンシアに、父も愉快そうな笑みを浮かべた。

◇◇◇

ホールに集められた使用人たちは、不安と好奇心の入り混じった表情でお互いに顔を見合わせている。どうやらまだ詳細は知らされていないようだ。

ひとりひとり、そんな彼らを眺《なが》めながらオルタンシアはパメラを陥れた真犯人を探す。

（いたっ……！）

果たしてその女性は、律義にやってきていた。まさか自分が犯人だとバレるわけがないと思っているのだろう。口元には余裕の笑みが浮かんでいる。

（ふん、そうしていられるのも今のうちよ！）

オルタンシアは堂々と父の隣に立ち、精一杯舐《な》められないように背筋を伸ばして胸を張った。

「こうして皆に集まってもらったのは、他でもない。例の盗難事件についてだ。どうやら我が娘が犯人を見つけたというのでね。心して聞いてくれ」

父が発した言葉に、真犯人の笑みがひきつったのをオルタンシアは見逃さなかった。

オルタンシアはゆっくりと足を踏み出し、使用人ひとりひとりの顔を眺めていく。

そして件《くだん》のメイドの前でぴたりと足を止め、じっとその顔を見つめる。

「あなたですね。パメラの荷物の中に盗品を入れたのは」

「なっ……何をおっしゃるのですか……！」

真犯人は一瞬うろたえたような態度を見せたが、すぐに咳払《せきばら》いして薄笑いを浮かべた。

「……旦那様、こう申し上げるのは心苦しいのですが……きっとお嬢様は、パメラに言いくるめられているのです。自分ではない別の者が犯人だと吹き込まれているのでしょう」

こんな得体のしれない子どもの言うことを信じるのですか？　……というような嘲りがありありと見える言い方だった。

だが、父は笑みを崩さなかった。

「そうなのかい、オルタンシア？」

「いいえ、お父様。確かにこの者が犯人です。間違いありません」

「お嬢様！　そこまで言うのなら証拠はあるのでしょうね⁉」

「ええ、私が女神様より授かった加護の力で、あなたがパメラを陥れる場面を見ましたので」

「そ……そんなものが証拠になるものですか！　旦那様！　お嬢様は適当なことを言って不当に私を陥れようと――」

「黙れ」

そのとき、ひやりとした声がホールの空気を切り裂いた。

その声に真犯人のメイドは表情を凍らせ、オルタンシアもまさかの展開に固まってしまう。

コツコツと靴音を鳴らしながら……オルタンシアの義兄――ジェラールがこちらへとやってくるのだ。

（な、なんでお兄様がここに⁉　私が調子に乗ってるから怒ってるの‼？）

オルタンシアがあわあわしている間にも、ジェラールはオルタンシアの目の前までやってきてしまう。

そのまま、彼はあの絶対零度の瞳でオルタンシアを見下ろした。

（ヒッ！　妾の娘ごときが偉そうに振舞うなってこと⁉）

オルタンシアはもはや指先一つ動かせずに、ジェラールが「この不愉快な子どもを摘まみ出せ」と言うのを待つほかなかった。

だがジェラールはふいっとオルタンシアから視線を外したかと思うと、底冷えするような声で告げる。

「……使用人の分際で、ヴェリテ公爵家の人間に口答えとはどういう了見だ」

ジェラールの絶対零度の視線が射抜いているのはオルタンシア――ではなく、真犯人の方である。

（あれ？　もしかして、もしかしたら……私を庇ってくれた……？）

オルタンシアは信じられない思いで、傍《かたわ》らの義兄を見上げる。

「ち、違うのですジェラール様……」

「黙れ。その首を斬り落とされたくなければ、聞かれたことだけに正確に答えろ。いいな」

「ヒィッ！」

ジェラールに睨《にら》まれた真犯人のメイドは、真《ま》っ青《さお》な顔で首振り人形のように、こくこくと頷いている。

「貴様はヴェリテ公爵家の財を盗み、別の使用人を貶《おとし》めるため罪を着せようとした……間違いないな」

ジェラールの気迫に押されてか、メイドは壊れた人形のようにこくこくと首を振り続けている。

あっさりと、彼女は自らの罪を認めてしまったのだ。

「……だそうだ。父上、後の処理については――」

「私に任せてくれ。手をわずらわせて済まないね、ジェラール。オルタンシアもありがとう。君のおかげで、罪なき者を救い、正しく処罰を与えることができそうだ」

「は、はい……」

ジェラールはもう興味はないとばかりに、再びコツコツと靴音を立てながら去っていく。

オルタンシアはどこか名残惜《なごりお》しさのようなものを感じながら、その後ろ姿を見送った。

（まさか、お兄様に助けられるなんて……）

どうしても先ほどのできごとが信じられずに、オルタンシアはびょーんと自らの柔《やわ》らかな頬をつねってみた。伝わる痛みは、間違いなくこのできごとが現実だと教えてくれるようだった。

◇◇◇

オルタンシアの助力のおかげでパメラは公爵邸で働き続けられることとなり、真犯人は治安隊に引き渡された。

マスターキーの不正使用などの余罪もあり、単に解雇だけでは済まなかったようだ。

鼻歌を歌いながらお菓子の準備をするパメラを眺め、オルタンシアはふぅ、と息を吐く。

（それにしても……まさか、お兄様が助けてくれるなんてね）

あれからオルタンシアは何度も何度も……あのときのジェラールの行動の意味を考え続けている。

――「……使用人の分際で、ヴェリテ公爵家の人間に口答えとはどういう了見だ」

考えようによっては、あの言葉はオルタンシアを公爵家の人間として認めてくれたようにも聞こえるが――。

（いや、ないない。だって「一度もお前を妹だと思ったことはない」って言われたし）

単に使用人が生意気な口を利いたのが気に入らなかったのかもしれない。それでも結果的に、彼はオルタンシアを救ってくれたのだ。

パメラは公爵家に残ることになり、少しだけ未来は変わった。

（なんとかこの流れで、お兄様を懐柔できればいいんだけど……）

しかし、どうすればあの鉄面皮と仲良くできるというのだろうか。

うーん、と唸っていたオルタンシアは、何の気はなしにパメラに声をかけてみた。

「ねぇ、パメラ」

「どうかしましたか、お嬢様？」

「あのね、私……仲良くなりたい人がいるんだけど、なかなかうまく話せなくて……どうすれば、仲良くなれると思う？」

「そんなの……お嬢様が笑顔で話しかけてくだされば、すぐに解決ですよ！　可愛らしいお嬢様に笑いかけられて、嫌な気持ちになる人なんていないわけがないんですから！」

満面の笑みでパメラが出した回答に、オルタンシアは思わず脱力してしまった。

（そんなわけなーい！　はぁ、そんな手が通じるのはあなたみたいにちょろい相手だけよ……）

パメラに礼を言いながら、オルタンシアはぎこちない笑みを浮かべた。

◇◇◇

パメラのアドバイスがあまり役に立たなかったので、オルタンシアは散歩しているうちにアイディアも湧くだろうか、と屋敷内をやみくもにうろうろしていた。

すると、角を曲がった途端に誰かと鉢合わせてしまう。

「あっ、ごめんなさい……っ！」

とりあえず謝罪をして、顔をあげた途端……オルタンシアは凍り付いた。

まさにオルタンシアの頭を悩ませる元凶――ジェラールが、氷のように冷たい視線をこちらに注《そそ》いでいたのだから。

「お、兄様……」

うっかり前からの癖でそう口にしてしまい、オルタンシアは焦《あせ》る。

（しまったぁぁぁ！　馴《な》れ馴《な》れしくしすぎないように気を付けてたのに！　なんで「お兄様」なんて呼んじゃうかなぁ!!）

もはや泣きだしそうな気分で、視線を外すこともできず、オルタンシアはただじっと義兄の顔を見つめ続けた。ジェラールも相変わらず感情の読めない冷たい視線をこちらに注いでいたが……ふと、彼は口を開いた。

「お前が庇ったあのメイド、屋敷に残ることが決まったそうだな」

「ふぇ……？　はっ、はい!!」

（お、お兄様が私に話しかけてるー!!?　なにこれ、天変地異の前触れかな!?）

ありえない事態に、オルタンシアの頭はパニック状態だ。思考がごちゃまぜになって……浮かんできたのは、つい先ほどパメラに聞いた言葉だ。

――「可愛らしいお嬢様に笑いかけられて、嫌な気持ちになる人なんていているわけがないんですから！」

（うぇーん！　もうどうにでもな～れ!!）

混乱したオルタンシアは、思考を放棄した。

そして、精一杯愛らしい笑みを浮かべてジェラールへと話しかける。

「お兄様が助けてくださったおかげです！　あのときのお兄様、とっても頼もしかったです！　えへへ、ありがとうございます‼」

自分でも何を言っているのかわからずに、オルタンシアはひたすらに「お兄様すごーい！」と笑顔でジェラールを称賛し続けた。

いつ、「今すぐ黙らないと首を斬り落とすぞ」と凄《すご》まれるかと怯《おび》えていたが……なぜか、ジェラールはじっとオルタンシアの話に耳を傾《かたむ》けているようだった。

（なんで⁉　今日すっごく機嫌がいいのかな⁉）

何もかもがオルタンシアの想像の範囲外で、頭の中は「？」でいっぱいだ。

そうしているうちに、ジェラールはふと窓の外に視線をやり、ため息をついた。

ついに怒りが限界を超え、裁きの雷が落ちるのかとオルタンシアは怯えたが……。

「悪いがそろそろ時間だ。また何か困ったことがあったら俺に言え」

そう言い残し、ぎこちない手つきでオルタンシアの頭に触れると……ジェラールはさっと去っていく。

残されたオルタンシアは、呆然《ぼうぜん》とその場に立ち尽くしていた。

（……夢かな？　そうだよね。お兄様が私の話を黙って聞いてくれて、困ったことがあったら言えなんて、言うわけないもんね……）

とりあえず夢から覚めようと頬をつねってみたが、感じるのは確かな痛みだ。

心配したパメラが探しに来るまで、オルタンシアは実に半刻《はんとき》ほど、その場で頬をつねったり目を白黒させたりと奇行を繰り返すのだった。

第3章　いわれなきプレゼント攻勢

……おかしい。どう考えてもジェラールの態度はおかしいとしか思えない。

──「黙れ、公爵家の恥さらしめ。……俺は一度たりとも、お前を妹などと思ったことはない」

今でも、はっきりと覚えている。

処刑寸前で必死に助けを求めたオルタンシアを、ジェラールははっきりそう言って拒絶したのだ。

つまり、ジェラールはオルタンシアのことを嫌っている。それは間違いない。

間違いない、はずなのに……。

「おはようございます、お兄様」

朝、公爵邸の廊下で偶然すれ違ったジェラールにそう挨拶すると、彼はわざわざ足を止めてじっとオルタンシアを見つめた。

その冷たい視線に、「声をかけるべきではなかったか⁉」とオルタンシアがすくみあがると──。

「…………あぁ」

（何が『あぁ』なの⁉　これは挨拶を返してくれたってことでいいの⁉　ていうかなんでまだ立ち止まってるの⁉）

ひきつった笑みを浮かべながら混乱するオルタンシアの視線の先、ジェラールはなぜかその場から動かずにじっとこちらを見つめ続けている。

（もしかして何か言った方がいいの？　でも何を言えばいいの⁉　えっと、こういうときは……）

テンパったオルタンシアは、必死に亡き母の言葉を思い出そうとした。

――「いーい？　オルタンシア。お客様を楽しませるように話すには……そうね、まずは天気とか、あたりさわりのない話題から入って相手の反応をさぐるべきかしら」

「お、お兄様……！　今日は、いい天気ですね！」

「…………そうだな」

ジェラールは相変わらず、何を考えているのかわからない冷たい視線をこちらに注《そそ》いでいた。

（ひぃぃぃぃ！　この反応はどうなの⁉　いいの⁉　悪いの⁉）

彼が何を考えているのかわからず、オルタンシアは混乱した。

しかし、立ち去らないところを見ると……オルタンシアの次の言葉を待っているのだろうか。

「こっ、こんな天気のいい日は、お庭をお散歩すると気持ちよさそうですね！」

「…………そうか」

「この前庭園をお散歩していたら、とってもきれいな花を見つけたんです！　庭師さんに聞いたらシャングリラっていう、とても珍しい花だって……そ、そんな稀少《きしょう》な花まで揃《そろ》っているなんて、さすがはヴェリテ公爵家ですね！」

（ひぃーん！　私の話になってどうするの！　そんなのお兄様が興味あるわけないじゃん！）

――「いいこと、オルタンシア。とにかく自分が話すんじゃなくて、相手に話させるように誘導するのよ。こっちはただ笑って相槌《あいづち》を打てばいいんだから」

（そんな高等テクニック無理だよママぁ！）

亡き母の助言とは正反対の方向に進んでしまい、オルタンシアはもはや泣きだしたい気分だった。

申し訳程度に最後に公爵家を持ち上げておいたが、ジェラールがオルタンシアのつまらない日常の話などに関心を示すはずがないのだ。不快に思うに決まっている。

「…………わかった」

処刑を待つ罪人のように震えながら俯《うつむ》くオルタンシアに降ってきたのは、そんな義兄の言葉だった。

それと同時に、ぽん、と不器用な手つきで頭に触れられたかと思うと、ジェラールはさっとその場から去っていく。

取り残されたオルタンシアは、息を止めてただひたすらに足音が離れていくのを待っていた。

（……「わかった」って何⁉　私のつまらない話はわかったから永遠に口を閉じていろってこと⁉　そうだよね？　そうとしか考えられないよね⁉）

今度こそジェラールの逆鱗《げきりん》に触れてしまったに違いない……！

恐ろしさのあまりその場に崩れ落ちたオルタンシアは、その数日後……意外な義兄の真意を知ることになるのである。

その日、オルタンシアがいつものように起床し、食堂へ向かっていると――。

「ひぃっ⁉」

まるで待ち伏せでもするように、食堂前の廊下の壁にもたれてジェラールが立っているではないか。

うっかり素っ頓狂な悲鳴をあげてしまったオルタンシアだが回れ右して逃げ出す前に、即座に彼の視線に捕捉されてしまう。

そのまま彼がこちらへ向かって歩いてきたので、オルタンシアはパニック状態に陥《おちい》ってしまった。

(うぅ……私は空気、私は観葉植物、私は壁のシミ……どうか気づかずに通り過ぎてくれますように！)

だがそんなオルタンシアの祈りもむなしく、ジェラールはぴたりとオルタンシアの前で足を止めた。

そして一言、

「来い」

とだけ告げ、どこかへ去っていく。

残されたオルタンシアは、早くも泣きたい気分だった。

(来いってどこに⁉　聞こえなかったふりして逃げてもいいかな……)

だが後ろに控えていたパメラに、「お呼びですよ、お嬢様！」と、ウキウキと肩を押されてしまう。

残念ながら「聞こえなかったふり作戦」は失敗に終わった。

仕方なくオルタンシアはとぼとぼと、ジェラールの後を追うのだった。

(本当に何なんだろう。「調子に乗るな」ってお説教？　いや、お兄様がそんな面倒なことするわけないよね……)

なにしろ一度目の人生では、オルタンシアのことを完全スルー、ほとんど目に見えない空気のように扱っていたのだ。

他の使用人のように、あの義兄がオルタンシアをいびるのにわざわざ労力を割くとも考えにくい。

彼が何を考えているのかわからない。わからないからこそ恐ろしい。

オルタンシアはまるで処刑台へ進む罪人のような気分で、小走りでジェラールを追いかける。

彼が向かったのは地下の拷問部屋……などではなく、明るい庭先だった。

(何だろう。このまま門の外に放り出されて、「二度と公爵邸の土を踏むな」って追い出されるのかな？)

いっそ、それならそれでいいような気もしてきた。

路頭に迷ったらどうしよう……と、とぼとぼと足を進めるオルタンシアの前で、ジェラールはぴたりと足を止める。

「わぷっ！」

俯いていたせいでうっかり義兄にぶつかってしまったオルタンシアは、派手に尻もちをついてしまった。

（あぁぁぁぁ……こんなときになんて失敗を……！）

がくがくと震えるオルタンシアの方に、ぬっとジェラールが腕を伸ばしてくる。

ぶたれるのか、首を絞められるのか……この後に襲い来るであろう暴力の数々を想像し、オルタンシアは震えたが――。

「わっ⁉」

急激な浮遊感に、思わず声が出てしまった。

だがすぐにオルタンシアの足は地面についた。

ジェラールがオルタンシアの胴体を持ち上げるようにして、立たせてくれたのだ。

反射的に礼を言おうとして、オルタンシアは驚きの声をあげてしまった。

「あ、ありが……あれ？」

ちょうどオルタンシアたちがいる場所の傍《かたわ》らの花壇いっぱいに……シャングリラの花が咲き誇っていたのだから。

まるで晴れ渡る空のような、澄んだ海のような――美しい蒼《あお》の花。

（あれ？　前に見たときはものすごく珍しい花だから数本しかないって庭師が言ってたけど……なんで？）

シャングリラの花は本来人里離れた秘境の高地にしか咲かない花で、こうして別の環境で育てるには、高度な魔法技術を学んだ専門の庭師が必要となる。

しかもこれだけの数だ。生半可な生育技術では、維持するのは難しそうだが……。

首をかしげていると、近くで作業をしていた庭師が声をかけてきた。

「おぉ、お嬢様！　いかがでしょうか。お嬢様がご所望のシャングリラ、こんなにたくさんの花が一度に揃う光景なんて、たとえ他国の王宮であろうと滅多に見られるものではありませんぞ！　いやぁ、さすがはヴェリテ公爵家ですな」

「枯らしたら……わかっているな」

「も、もちろんです若様！　若様が命じられました通り専門の職人を呼び寄せまして――」

ジェラールにひと睨《にら》みされた庭師は、真《ま》っ青《さお》になって自分たちがどれだけシャングリラの花を丹精込めて世話しているかを弁解している。

その様子を見て、オルタンシアは再び首をかしげた。

（あれ、今の言い方だと……お兄様がわざわざこれだけたくさんのシャングリラの花を取り寄せて、育てるように命じたみたいだけど……なんで？）

シャングリラは稀少な花。たった一株でさえ、庶民の給料数か月分の値がするといわれている。

（そんなに高価な花をなんでわざわざ？　どう考えてもお兄様に花を愛《め》でるような心があるようには思えないけど……）

むしろジェラールは、こういう人の目を楽しませるような花への投資など、真っ先に無駄だと切り捨てるタイプのように見える。

訝《いぶか》しむオルタンシアは、不意にジェラールがこちらを振り向いたのでびくりとしてしまった。

「……気に入ったか」

「は、はい⁉」

素っ頓狂な声をあげてしまってから、オルタンシアの頭にまさか……とある考えが浮かんだ。

（そういえば、前にお兄様に会ったときに――）

――「この前庭園をお散歩していたら、とってもきれいな花を見つけたんです！　庭師さんに聞いたらシャングリラっていう、とても珍しい花だって……そ、そんな稀少な花まで揃っているなんて、さすがはヴェリテ公爵家ですね！」

確かに彼の前で、うっかりシャングリラの花の話をしたことがあった。

だがまさか、たったそれだけで、あの冷血な義兄が！

オルタンシアのために稀少な花を揃えるように命じるだなんて……。

「これはすべてお前のものだ」

ジェラールは至極《しごく》真面目な表情で、そう告げた。

その言葉に、オルタンシアはくらくらしてしまう。

（もしかして……本当に、私がシャングリラの花の話をしたから⁉）

たどり着いてしまった答えに、さっと全身から血の気が引いた。

（どういうこと⁉　いったいなんの目的が⁉）

ジェラールは相変わらず氷の視線を真っ青になるオルタンシアに注いでいる。

彼はオルタンシアの反応を待っているようだった。

（何か、言わなきゃ。何か……あーん、助けてママ！）

混乱したオルタンシアは、いつものように心の中で亡き母に助けを求めた。

そうだ。母はよく酒場の客からプレゼントを貰《もら》っていた。そんなときは――。

――「見て、オルタンシア。きれいなお花でしょう？　お客様から頂いたのよ。あなたももう少し大きくなったら、きっと多くの殿方《とのがた》に抱えきれないほどのお花を頂くでしょうね。なんていっても、私の娘ですもの！」

（抱えきれないどころか花壇丸ごとだよママ！）

――「誰かから贈り物を頂いたら、とにかく大げさに喜んでおきなさい。それが純粋な好意なら相手も嬉《うれ》しいでしょうし、何か打算があったとしても相手の油断を誘うことができるわ」

オルタンシアは俯き、落ち着きを取り戻そうと深く息を吸った。

そして……精一杯の笑顔を浮かべてぱっと顔をあげる。

「とっても嬉しいです！　ありがとうお兄様！」

（とにかく大げさに喜ばないと……もうこうなったらやけくそよ！）

「えへへ、こういうきれいなお花大好きなんです！　シアとっても嬉しい！」

(うぅ、今すぐ消えてなくなりたい……)

盛大にかわい子ぶりながら、オルタンシアは内心で羞恥心と戦っていた。

「お兄様はすごいですね！　尊敬しちゃいます！」

「………」

きゃぴきゃぴとはしゃぐ（ふりをする）オルタンシアを、ジェラールは相も変わらず絶対零度の視線で見下ろしていた。

……さすがにやりすぎただろうか。

「こんなにうるさい生き物は不要だ」と、即座に切り捨てられるかもしれない。

無理に浮かべた笑みがひきつりそうになるが――。

「……他には」

「ふぇ？」

「他には、何を望む」

質問というよりは、もはや尋問だ。

ジェラールは至極真面目な表情で、じっとオルタンシアを見つめている。

許されるのなら全力ダッシュでここから逃げ出したい。

だがそんな逃走は許されないオルタンシアは、笑みをひきつらせて必死に頭を回転させた。

（「何を望む」ってどういうこと⁉　ここから逃げられるのなら他には何もいりません！）

果たして、何と答えるのが正解なのだろうか。

オルタンシアは黙り込み、だんだんとその場の空気が凍り付いていくような錯覚すら覚えていた。

そんな場の空気をどう思ったのか、件《くだん》の庭師が慌ててフォローを入れてくれる。

「おぉ、オルタンシアお嬢様は謙虚でいらっしゃる！　若様、この年頃のお嬢様であれば――」

庭師が何かを耳打ちし、ジェラールが何かに納得したかのように頷《うなず》いた。

「わかった」

それだけ言い残すと、彼はさっとその場を後にした。

残されたオルタンシアはわけもわからないまま、ただ呆然《ぼうぜん》とその場に立ち尽くすしかなかった。

（解放、された……のよね？　いったいなんだったのかしら……）

気が抜けたオルタンシアは思わずその場にしゃがみ込んでしまった。

顔をあげれば、幻想的なシャングリラの花が目に入る。

……いったい彼はなぜ、大金を費《つい》やしてこんなに珍しい花を集めさせたのだろうか。

（私がシャングリラの花の話をしたから……。でも、なんで？　何か公爵家の利益になると考えたのかしら……）

わけがわからず考え込むオルタンシアを、庭師とパメラが、微笑《ほほえ》ましげに見守っていた。

迎えた翌日。

オルタンシアがいつものように、ガミガミと口うるさい教育係アナベルの淑女《しゅくじょ》レッスンを受けていると、事件は起こった。

「失礼いたしますわ。まぁ、こちらが公爵様の御息女ですのね！」

「なんてお可愛《かわい》らしい！」

「腕が鳴りますわ〜」

派手……というよりも奇抜な衣装をまとう女性が数人、どーん、とレッスンの場に乱入してきたではないか。

「ちょっと、何者ですかあなたがたは！　今はわたくしがお嬢様に淑女とは何かを教えて差し上げている最中です！　邪魔者は出ていきなさい！」

眉を吊《つ》り上《あ》げたアナベルが、怒りもあらわに乱入者たちに詰め寄る。

だが彼女たちは堪えた様子もなく、あっけらかんと告げた。

「あら、申し遅れました。わたくしジェラール様のご依頼により参りました、デザイナーのソランジュと申します。こちらはわたくしのアシスタントですの」

ぽかんと成り行きを見守っていたオルタンシアは、その名前を聞いた途端驚きに目を見開いた。

（ソランジュ？　ってまさか、「ソルシエール」のマダム・ソランジュ⁉）

「ソルシエール」といえば、王国内で随一の人気を誇る有名ブランドだ。

一度目の人生で、オルタンシアはとにかく流行に疎《うと》かった。だがそんなオルタンシアでさえ、「ソルシエール」のマダム・ソランジュの名はよく耳にしていた。

斬新かつ美しいデザインを次々と生み出し、常に流行の最先端を行く人気ブランドのカリスマデザイナー――。

貴族の令嬢たちは皆こぞって「ソルシエール」のドレスを着たがった。オルタンシアも興味がないわけではなかったが、妾《めかけ》の子である自分がそんな有名ブランドのドレスをわざわざ発注するのも気が引け、一度もソルシエールのドレスを身にまとうことはなかったのである。

（どうして、そんな人気ブランドのデザイナーがここに……）

そんなオルタンシアの疑問に答えるように、マダム・ソランジュはにっこりと笑う。

「ではお嬢様、こちらへどうぞ。さっそく採寸を行いますわ」

「えっ、あの……」

「ふふ、お嬢様はどんなドレスをお好みで？　なんていってもジェラール様のご依頼ですもの。愛らしいお嬢様をよりいっそう引き立てるような素晴らしいドレスを仕上げてみせますわ！」

「え……？」

オルタンシアがぽかんとしていると、アナベルがこほんと咳払《せきばら》いをした。

「……失礼。今、ジェラール様のご依頼とおっしゃいましたか？」

「ええ、その通りですわ。わたくし、ジェラール様から直々に『オルタンシアお嬢様にふさわしいドレスを仕立てるように』との発注を頂きましたの」

マダム・ソランジュがアナベルに向かって一枚の紙を差し出した。

読み進めていくにつれ、アナベルの眉間《みけん》にシワが寄る。何が書いてあるかまではわからなかったが、最下部にきれいな字で、ジェラールのサインがしてあるのがオルタンシアにも見て取れた。

（ということは、本当にお兄様が、私のドレスを仕立てるように注文したの……？）

「……ジェラール様のご命令とあらば仕方がありません。オルタンシアお嬢様、本日のレッスンは終了といたしますが、けっして気を抜くことのないように。淑女とは何たるかを常に意識していただくようお願いいたします」

「はっ、はい！」

そのままマダム・ソランジュに別室に連れ出されたオルタンシアは、呆然としたまま小さな体の隅々まで採寸されていく。

（お兄様が、私のドレスを……いやいや、なんで？）

この公爵家に来たときから、少なくとも毎日着るものに困らない程度の衣装《いしょう》は用意されている。それなのに、なぜ！　彼はわざわざ人気のデザイナーを屋敷《やしき》に呼び寄せ、特注のドレスを仕立てるような真似《まね》をするのか！

（わ、わからない……。お父様がお兄様にそう命じられたの？　でも、前の人生ではそんなことなかったよね……）

だが、不可解なジェラールの行動は終わらなかった。

それからも入れ替わり立ち代わり、王都で名の知れた有名デザイナーが公爵邸を訪れるようになったのだ。

彼らはいちようにジェラールの依頼だと口にし、レッスンの時間を邪魔されてばかりのアナベルとバトルを繰り広げていくのだった。

アナベルの眉間のシワが増えていくにつれて、オルタンシアのドレスの数も増えていく。

そして気が付けば、オルタンシアのクローゼットは真新しいドレスでいっぱいになってしまったのだ。

「お嬢様！　空き部屋をお嬢様専用の衣装部屋に改装することが決まったそうです！」

「ええ……？」

ウキウキとやってきたパメラの言葉に、オルタンシアは頭を抱えたくなってしまった。

オルタンシアの自室のクローゼットは、けっして小さいわけではない。

いや、むしろクローゼットだけでも孤児院で暮らしていたときの部屋の何倍も広いくらいなのだ。

それなのに、更に広いオルタンシア専用の衣装部屋とは……。

（なにこれ、どういう方向に進んでるの……⁉）

「失礼いたします。こちら、お嬢様へのお届け物です」

「はーい！」

部屋の扉が叩《たた》かれ、上機嫌のパメラが応対する。

戻ってきたパメラは、大きな箱をいくつも抱えていた。

「お嬢様へのプレゼントですよ！　わぁ、中身はなんでしょう？」

「……開けてもらえるかしら」

「えっ、いいんですか⁉　えっと……見てください！　可愛いぬいぐるみ！　こっちはアクセサリーですよ！」

テーブルの上に、小さな女の子が好みそうなぬいぐるみや人形、アクセサリーなどが並べられていく。

オルタンシアは戦々恐々と、その様子を眺《なが》めることしかできなかった。

「……ちなみに、これらの品はどなたから――」

「もちろん、すべてジェラール様です！」

（うわあぁぁぁ！　本当にどういうこと⁉）

ついにオルタンシアは頭を抱えてしまった。

「お、お兄様はどうしてこんなことを……」

思わずそう呟《つぶや》くと、満面の笑みでパメラが答えてくれる。

「そんなの、オルタンシアお嬢様に喜んでほしいからに決まってるじゃないですか！」

（そんなわけあるかーい！　でも、傍《はた》から見ればそう見えるってことなのよね……？）

オルタンシアは大きく深呼吸し、心を落ち着かせるようにプレゼントの一つであるクマのぬいぐるみを抱きしめた。

ふわふわの愛らしいクマを抱きしめていると、少しだけ心が落ち着いてくる。

（えっとつまり、お兄様は私の機嫌を取ろうとしている……？）

オルタンシアが好きだと言った花を集め、オルタンシアのためのドレスを大量発注し、オルタンシアくらいの幼い少女が好みそうなプレゼントを贈ってくる。

さすがに、オルタンシアが喜ぶことを期待しての行動だということはわかってきた。

だが……。

（私を喜ばせてどうするの!?　その先に何があるというの!!?）

肝心の動機がわからないからこそ恐ろしい。

現実逃避にぎゅぎゅっとクマを抱きしめ、オルタンシアは思案した。

（とにかく……目的はわからないけど、お兄様は私の機嫌を取ろうとしている）

母の教えによれば、こういうときはとにかく大げさに喜んでおけばいいらしい。

ということで、さっそく廊下でジェラールとエンカウントしたオルタンシアは……踊り出しそうなほど軽やかに、その場でくるりと一回転してみせた。

「見てください、お兄様！　お兄様がマダム・ソランジュにお願いしてくださって、仕立てていただいたソルシエールのドレス、とっても素敵なんです！」

まるでおとぎ話に出てくるかのような可愛らしいドレスは、確かにオルタンシアによく似合っていた。

オルタンシアの動きに合わせて、スカートの裾《すそ》がふわりと広がる。

アナベルが見たら「はしたない！」と眉を吊り上げるだろうが、おおよそ「プレゼントに大喜びする七歳の少女」像からは外れていないはずだ。

（こ、これでいいのよね……？）

「クマのぬいぐるみもとっても可愛いんです！　えへへ。私、毎日一緒に寝てるんですよ！」

可愛らしいポーズとともにこてんと首を傾け、オルタンシアは最大限に愛らしい笑みを浮かべてみせる。

ジェラールはそんな義妹の様子を、絶対零度の視線で見つめていた。

（ひぇっ！　怖っ！　さすがにやりすぎた⁉）

「…………わかった」

ジェラールはそっけなくそれだけ言うと、かわい子ぶったポーズのまま固まるオルタンシアの頭に軽く触れ、その場を立ち去った。

（……だから、なにが「わかった」なの⁉）

その数日後、今度は多種多様なクマのぬいぐるみが届き、オルタンシアは更に頭を抱える羽目になるのだった。

同じころ、オルタンシアの教育係を務《つと》めるアナベルのレッスンも日々過熱していった。

最近はデザイナーの乱入でレッスンが中断されることも度々あり、アナベルはいつにも増してピリピリしているようだ。

「よろしいですか、お嬢様。そう、そのまま腰を曲げて、頭を下げ……まぁ、合格といたしましょうか」

渋々といった表情で、アナベルはオルタンシアのお辞儀に合格を言い渡した。

無事に彼女のレッスンを切り抜けられたことに、オルタンシアはほっと安堵《あんど》のため息をこぼす。

（さすがに……昔ビシバシしごかれたおかげで、なんとか合格はできたみたいね……）

昔のオルタンシアときたら、それはもうひどかった。

母のおかげで「庶民としての」マナーは身についていたが、それが貴族社会で通用するはずもなく。

特に目の前の教育係――アナベルには、親の仇《かたき》かと思うくらいに厳しくされたものだ。

「まるで躾《しつけ》のなっていない山猿のようですわ！」と蔑まれ、真夜中までみっちりレッスンで仕込まれ……できれば、あまり思い出したくない記憶である。

今も、オルタンシアに少しでも隙《すき》があれば「なんてはしたない！」と彼女の雷が落ちるのは明白だ。

そのため、オルタンシアはアナベルの前では最大限に気を使い、理想的な淑女として振舞っていた。

少し不自然かとも思ったが、またアナベルにボロ雑巾のように絞られるよりはましだ。

「……では、本日のレッスンはここまでといたしましょう。お嬢様、レッスンの時間が終わったからといってけっして気を抜くことのなきように願います。真の淑女たるもの、いついかなるときでも気を抜いてはなりません」

「わかっているわ、アナベル。では、ごきげんよう」

完璧な角度で礼をし、オルタンシアは部屋を後にした。

ゆっくりと扉を閉めた途端、大きなため息がこぼれてしまう。

（はぁぁぁ……緊張した。アナベルったら、どこかに隙がないかっていつも眼鏡を光らせているんだもの）

彼女は生粋《きっすい》の貴婦人だ。酒場の女の娘で孤児院育ちのオルタンシアなど、彼女からすればまさに目の上のたんこぶといったところだろう。

「まぁ、仕方ないか……」

アナベルの気持ちもわからないでもない。

オルタンシアにできることは、できるだけアナベルを怒らせないように、理想の公爵令嬢として振る舞うことだけなのだ。

そんなある日、珍しく朝から公爵邸にいた父に、オルタンシアは突然呼び出された。

（な、なにかやらかしてしまったのかしら……）

びくびくしながら執務室を訪れたオルタンシアに、父は鷹揚《おうよう》に笑う。

「よくきてくれたね、オルタンシア。……さて、アナベルから、君についての報告が上がっている」

その言葉に、オルタンシアは思わず息をのんでしまった。

（アナベルがお父様に報告を⁉　知らないうちにとんでもないことをしでかしてしまったのかしら……！）

オルタンシアは焦《あせ》ったが――。

「君の頑張りは素晴らしいとアナベルが褒《ほ》めていたよ。まだ公爵家に来たばかりだとは思えないほど、しっかりしているとも」

「え……？」

思わぬ言葉にぽかんとするオルタンシアに、父はにやりと笑う。

「そこで、そろそろ君もヴェリテ公爵家の娘として、少しずつ社交界に顔を出してはどうかと思うのだが――」

（アナベルが、私を褒めていた……？　いやいや、きっとお父様の誇張表現ね）

オルタンシアはそう自分を納得させた。

だが、少なくともアナベルの目から見ても、今のオルタンシアは、「社交の場に出しても問題なし」と思われているようだ。

一度目の人生では、オルタンシアがはじめて公の場に出たのはもっとずっと後のことだった。

あまりにもマナーや礼儀が身についていなくて、社交の場に顔を出せなかったのである。

（これは……どうするべきなのかしら。あまり行きたくはないけど、お兄様の心証を良くするためには積極的に出席するべき？）

考え込むオルタンシアに、父は優しく告げる。

「そう心配しなくても大丈夫さ。君と同年代の子もやってくるお茶会だから、そう気負うこともない」

「ありがとうございます、お父様。少し緊張しますが……ぜひ、出席したいです」

オルタンシアは戸惑《とまど》いつつも、そう返事を返した。

一度目の人生では、ろくに味方も作れなかった結果、誰からも見放され処刑されたのだ。

あまり自信はないが、今のうちから少しずつ顔を出しておいた方がいいだろう。

（はぁ、大丈夫かな……。私……ちゃんと未来を変えられるかな）

相変わらず真意のわからない義兄に、少しずつ一度目の人生とは変わり始めているこの状況。

前に進んでいるのか、それとも後ろに下がっているのか。

それすらよくわからずに、オルタンシアは先の見えない未来に思いを馳《は》せた。

◇◇◇

オルタンシアのデビュー戦となるのは、とある伯爵家で行われるお茶会だ。

父に連れられるようにして伯爵の屋敷を訪れたオルタンシアは、どきどきしながら会場へと足を踏み入れる。

(うっ、視線が……!)

その途端、四方八方からちくちくと好奇の視線が突き刺さる。

なにしろ今のオルタンシアは、国内有数の公爵家に突如として現れた、謎の公爵令嬢なのだ。

まぁいろいろと詮索したくなる気持ちもわからないでもないが、こちらとしては全力でほっといてくださいという感じである。

「おいで、オルタンシア。あちらにいらっしゃるのが本日のお茶会の主催者である伯爵夫人だ」

「はい、お父様」

皆さまの視線なんてまったく気にしておりませんわ……という空気を醸《かも》し出《だ》しながら、オルタンシアは伯爵夫人の前へと進み出る。

(お父様の紹介ってことは、ヴェリテ公爵家の味方ってことよね……)

ここで顔を繫《つな》いでおけば、将来オルタンシアが窮地に陥ったときに、助けてくれる可能性もなくはない。

よし、全力で媚《こ》びておこう。

オルタンシアは即座にそう決意した。

「夫人、この子は私の娘のオルタンシアだ。訳あって田舎《いなか》に預けていたのだが、やっと一緒に暮らせるようになってね」

「初めまして、伯爵夫人。お会いできて光栄ですわ。オルタンシア・アルティエル・ヴェリテと申します」

オルタンシアがそう名乗った途端、あちこちからざわめきが聞こえてくる。

（えっ、私なにかまずいこと言っちゃった⁉）

愛らしい笑顔を浮かべたまま、オルタンシアは静かに焦ったが――。

次の瞬間伯爵夫人が平伏する勢いで頭を下げたので、面食らってしまう。

「こちらこそ、お会いできて光栄ですわ。オルタンシア様。あぁ、本当に女神のように神々《こうごう》しいお嬢様ですこと……」

伯爵夫人はどこか恍惚《こうこつ》とした表情で、熱っぽくオルタンシアを見つめている。

予想もしなかった反応に、オルタンシアはぽかんとしてしまった。

（こ、この対応の違いは何……⁉）

一度目の人生のときは、オルタンシアがおずおずと名乗ると「あぁ、これが噂《うわさ》のヴェリテ公爵の姿の子か」と、皆が意味深な笑みを浮かべたものだ。

あからさまに嘲笑する者もいた。

だからオルタンシアは、そういった嘲るような反応が普通だと思っていたのだが……。

（なんで⁉　私普通に名乗っただけだよね⁉）

おろおろするオルタンシアの耳に、会場の隅に控えた者たちのざわめきが届く。

こっそり《聞き耳》を発動させ、会話を盗み聞いてみると――。

「お聞きになりました？　今確かに『アルティエル』と名乗られたわ！」

「王族にも匹敵する格の高い洗礼名よ」

「公爵様の実子なのは間違いないようね……」

（あぁ、なるほど……）

オルタンシアはやっと少しだけ納得できた。

一度目の人生と、今の大きな違い。それは、オルタンシアの洗礼名だ。

どうやら洗礼名は、オルタンシアが思っている以上に社交界での大きな影響力を持っているようだ。

名前一つでこうも変わるとは……と感心していると、父がオルタンシアを抱き上げた。

「ほら、オルタンシア。他の皆さまにも挨拶に向かおうか」

「わかりました、お父様」

父に連れられて、オルタンシアは多くの参加者に名乗り、挨拶をこなしていく。

「まるで真珠のように愛らしいお嬢様ですこと」

「公爵様にそっくりだわ」

「お嬢様がお召しのドレスはとっても素敵ですね……。えっ、ソルシエールの特注品!?」

「なんて賢く聡明《そうめい》な御方なのでしょう！」

次々と飛んでくるお世辞の数々に、オルタンシアは頬がひきつりそうになってしまう。

（これが、貴族の化かし合いなのね……）

生まれながらの貴族は、幼いころからこんな世界で生きているのだ。

そりゃあ、付け焼き刃の公爵令嬢であるオルタンシアが太刀打ちできないわけである。

（私もいつかはこういう裏の顔が読み取れるようになるのかなぁ……。うーん、まずはお兄様が何を考えているのかわかればいいんだけど……）

自分の席でもぐもぐとお菓子を頬張りながら、オルタンシアはそっとティーカップの中にため息をこぼした。

少なくとも今のところは、一度目の人生より良《い》い方向に向かっている……と思いたい。

（とにかく、味方を増やして社交スキルを磨《みが》かなきゃね！　これからは頑張ってお茶会に参加しないと！）

あれこれと話しかけてくる周囲に愛らしい笑みを振りまきながら、小さな公爵令嬢は決意を新たにするのだった。

一度お茶会に出席してみると、次から次へとオルタンシアのもとに招待状が届くようになった。

お茶会だの音楽会だのサロンだの……山のように積み重なる招待状の束《たば》に、オルタンシアは遠い目になってしまう。

(まったく、七歳の女の子相手によくやるわ……)

彼らはオルタンシアに何らかの利用価値を見出《みいだ》しているのだろう。

少なくとも、嘲笑の的《まと》でしかなかった一度目の人生に比べれば、進歩している……はずだ。

(まぁいいわ。こうやって人脈を広げていけば、味方が増えるかもしれないし……)

あまり乗り気はしないが、オルタンシアはできる限り出席するようにしていた。

幸い、今のところ大きな失敗はしていない。

しかし大勢の貴族の前に出て、値踏みするような、さぐるような視線を浴びるのはなかなかに疲れるものだ。

今日もお茶会への出席という大仕事を終え、ふらふらと公爵邸の廊下を歩いていると……。

「……おい」

急に背後から声をかけられ、オルタンシアはその場で飛び上がってしまった。

(まさか、この声は……！)

弾《はじ》かれたように振り返ると、そこには……ずんずんと早足でこちらに近づいてくる、義兄ジェラールの姿が！

（ぎゃあ！　お兄様！　な、なんか怒ってる……⁉）

まっすぐにこちらを見据《みす》えるジェラールの顔は、そこはかとなくいつもより険しく感じられた。

オルタンシアは焦りに焦り……条件反射で愛らしい笑みを浮かべていた。

「まぁ、お兄様！　今日は屋敷にいらしたんですね！　お兄様に会えてシア嬉しい！」

ここ最近の彼からのプレゼントラッシュで、条件反射的に「ジェラールに会ったらとりあえずかわい子ぶっておけ」と頭にインプットされていたのである。

しかし、オルタンシアのぶりっ子は彼の神経を逆なでしてしまったようだった。

にこにこと笑うオルタンシアとは対照的に、ジェラールの周囲にはブリザードが吹き荒れそうなほど冷たい空気が漂っているのだから。

（怖っ！　何をそんなに怒ってるの⁉　私がお茶会に出席してるから？　妾の子の分際で調子に乗るなってお怒りですか⁉）

ずんずんとオルタンシアの目の前までやってきたジェラールは、氷の瞳で義妹を見下ろしている。

オルタンシアの浮かべた愛らしい笑みなど、一瞬で凍り付いてしまった。

「……近頃、よく他の貴族のところに顔を出しているそうだな」

「は、はい……」

あぁ、やはり彼はオルタンシアが調子に乗っていることにお怒りなのだ。

頭上から感じる威圧のオーラに、オルタンシアは俯きガタガタと震えた。

今度こそ「公爵家の面汚《つらよご》しめ」と裁きの雷が落ちるに違いない……！

だが……。

「お前はまだこの屋敷に来たばかりだろう。……あまり、無理はするな」

そんな言葉とともに、ぽん、と頭に手が置かれる。

オルタンシアが固まっていると、そのままジェラールは手を離し去っていく。

彼の足音がすっかり聞こえなくなっても、オルタンシアはその場から動けなかった。

（えっと……今のは、なに？）

言葉だけを聞けば、まるでオルタンシアの身を気遣うようにも聞こえるが……。

（いや、きっと遠回しな牽制《けんせい》ね。「よく他の貴族のところに顔を出しているそうだな。妾の子のくせに厚かましい」と言いたかったのよ）

あぶないあぶない、本当に調子に乗ってしまうところだった。

まるで、義兄が本当にオルタンシアのことを心配しているなんて、馬鹿な勘違いをしそうになってしまう。

「そんなこと、あるわけないのにね……」

——「黙れ、公爵家の恥さらしめ。……俺は一度たりとも、お前を妹などと思ったことはない」

死の直前に聞いた言葉が、呪いのように耳にこびりついて離れない。

彼はオルタンシアのことを嫌っている、疎ましく思っている。

けっして、その事実を忘れてはいけないのだ。

だが、オルタンシアは……死ぬ前も今も、義兄ジェラールのことが嫌いなわけではなかった。

確かに彼は恐ろしい。あの冷たい瞳に見据えられると、がくがくと体が震えてしまう。

だが、それと同時にオルタンシアは彼が背負う重圧についても理解している。

（すぐに逃げ出していた私と違って、お兄様は堂々と自らの運命に立ち向かっている）

一度目の人生で父が急逝したときでさえ、彼は涙を見せず、うろたえることもなかった。

家を守るために、若き公爵として堂々たる姿を見せつけたのだ。

オルタンシアはそんな彼の強さに憧《あこが》れていた。少しでも、彼の役に立ちたいと願っていた。

……結果は、散々なものだったが。

（いっそ、兄妹《きょうだい》としてじゃなく他人としてなら、もっとちゃんとお兄様と向かい合えたかな……）

そんなありえない想像をしながら、オルタンシアは嘆息した。

なんにせよ、義兄からの警告を受け取ったのだ。

今はとにかくあちこちに顔を出しているが、今度からはもう少し控えた方がいいのかもしれない。

（既に返事しちゃった分はしょうがないから出席するとして、次からはちゃんと招待状を選別しよう……）

そう心に決めて、オルタンシアは固まっていた体を解きほぐし、足を踏み出した。

◇◇◇

本日は、招待状を頂いた子爵家でのお茶会だ。

父は所用があるとのことで不在であり、オルタンシア一人での出席である。

少々の心細さはあるが、何人か見知った者もおりオルタンシアはのんびりお茶やお菓子を頂いていた。

「ヴェリテ公爵家のご令嬢がいらっしゃるなんて、鼻が高いわ！」

「オルタンシア様は本当にお可愛らしい方ですのね……」

「そういえばオルタンシア様は王子殿下とも歳が近くていらっしゃいますわね。もうお会いになられましたの？」

「いいえ、王子殿下にお目にかかったことはございません。とても聡明な方だとお伺《うかが》いはしておりますが……」

あたりさわりのない返答にも、だいぶ慣れてきたところだ。

ひとまず話題がオルタンシアから王子に移ったところで、こっそりと安堵の息を吐く。

まわりの貴婦人たちはぺちゃくちゃと王家の噂話に熱中している。

今のうちに……と、手元のケーキにフォークを入れたところで、オルタンシアは異変に気が付いた。

（なに、このにおい……）

何かが焦《こ》げたような、妙なにおいが鼻をつく。

くんくんとケーキのにおいを嗅いでみたが、オルタンシアの大好きな甘くとろける香りだった。

どうやらケーキの不備ではないようだ。だとすると……。

「ねぇ、何かしらこのにおい……」

「あら、わたくしの気のせいではなかったのね……」

周囲も異変に気づいたようで、不安げに顔を見合わせている。

すると、ノックもなしに勢いよく部屋の扉が開き、慌てた様子の使用人が転がり込んでくる。

「大変です、奥様！　屋敷内で火事が――」

「火事ですって⁉」

扉が開いたことで、よりいっそう異臭が鼻を刺激する。

途端に、お茶会の招待客はパニックに陥った。

「火事ですって⁉」

「早く逃げなくては！」

「怖いわ！」

恐慌状態の貴婦人たちは、いっせいに立ち上がると走り出した。

オルタンシアも慌てて立ち上がったが、小さな体が災《わざわ》いしてすぐに弾き飛ばされ床に倒れてしまう。

（そんな、早く逃げなきゃいけないのに……！）

立ち上がろうとするたび蹴飛ばされ、踏みつけられそうになってしまう。

煙が入ってきたのか、だんだんと視界が白く濁っていく。

（まずい、このままじゃ出口がわからなくなっちゃう……！）

慌てて立ち上がったオルタンシアは、不意に背後から体を持ち上げられた。

「きゃあ⁉」

「失礼いたします、お嬢様。安全な場所へお連れしますのでこちらへどうぞ」

反射的に暴れそうになったが、聞こえてきた声にぴたりと抵抗をやめる。

（よかった……このお屋敷の人かな？　助かった……）

オルタンシアを抱きかかえた男は、煙が広がり人々が逃げまどう屋敷を迷うことなく進んでいく。

やがてたどり着いたのは、裏口と思わしき扉だった。

扉を開けると、やっと新鮮な空気を吸うことができた。

「あの、ありがとうございます……」

オルタンシアは礼を言ったが、オルタンシアを抱きかかえる男はなおもずんずんと進んでいく。

（どこへ行くんだろう。屋敷の入り口はあっちのはずだけど……）

やがて行く手に、この屋敷の使用人と思われる別の男が立っているのが見えた。

なぜかその男は、手に大きな麻袋を抱えている。

「あの……？」

他の皆さまと合流した方が……と言おうとしたが、言葉にならなかった。

まるで猫や犬を扱うかのように、オルタンシアは乱暴に麻袋に押し込まれたのだ。

「ひゃっ⁉　な、何をするんですか！　出してください‼」

必死に叫んだが、意に介する様子もなく持ち上げられる。

少し歩いたかと思うと荷物のように床に投げられ、したたかに体を打ち付けたオルタンシアは痛みに呻《うめ》いた。

（なに……何が起こってるの……？）

麻袋の入り口はしっかりと閉じられており、逃げ出すことはできない。

やがてがたごとと車輪が回転する音が聞こえて、オルタンシアは蒼白《そうはく》になった。

（馬車に乗せられた……？　もしかして、私――）

――「お前はまだこの屋敷に来たばかりだろう。……あまり、無理はするな」

少し前に聞いた、義兄の言葉が蘇《よみがえ》る。

あぁ、あのときにもっと謙虚になって、今回の招待も断るべきだった……。

だが、今になって後悔しても後の祭りだ。

（まさか、誘拐されるなんて……！）

間違いなく、オルタンシアは誘拐されている。

一度目の人生ではずっと引きこもっていたおかげで遭遇しなかったイベントだ。

おかげで、これから何が起こるのか、どうすればいいのかまったくわからない。

（こんなハードモードだなんて、聞いてませんよ女神様！）

なんとか麻袋から抜け出そうと四苦八苦しながら、オルタンシアは説明不足な女神に憤《いきどお》りをぶつけずにはいられなかった。

第4章　悪夢の誘拐事件

冤罪《えんざい》により、すべてに見捨てられ悲運にも処刑されてしまった公爵令嬢オルタンシア。

気が付けばなぜか時間が巻き戻っていたので、一度目の人生と同じ轍《てつ》を踏まないようにとオルタンシアは決意する。

処刑回避の鍵を握るのは、オルタンシアの義兄ジェラール。

彼を味方に付けることができれば、悲惨な運命を変えられるかもしれない。

ジェラールと仲良くなろうとオルタンシアは努力し、気が付けば少し……ほんの少しだけ、義兄はオルタンシアのことを気遣ってくれるようになった……気がする。

それと同時に、屋敷《やしき》の使用人や他の貴族の面々のオルタンシアに対する扱いも良《い》い方向に変化してきた。

そう、きっとこのままいけば悲惨な運命を回避できる……！

……と、思っていたのだが――。

（……うん。全力で最悪なルートに足突っ込んでるよね、私）

暗い牢《ろう》の片隅で身を縮こませながら、オルタンシアは泣きたくなるのをなんとか我慢していた。

前の人生では、ずっと屋敷に引きこもっていたので社交界で味方が作れず、あっさり冤罪を着せられ処刑されてしまった。

そのことを反省し、積極的に味方を作ろうと社交界に顔を出したはいいものの、なんと誘拐という一度目の人生では遭遇しなかったイベントが起こってしまったのである。

麻袋に詰め込まれ、馬車に乗せられ……今閉じ込められているのは、石造りの薄暗い牢獄《ろうごく》のような場所だ。

冷たい鉄格子の向こうから、一日二回、怪しげなローブを身にまとう者によって簡素な食事が差し込まれる。

最初は警戒していたが、ついに空腹に耐えきれずオルタンシアは食事を口にしてしまった。

とてもおいしいとはいえないものだったが、少なくとも毒は入っていないようだ。

窓も時計もないこの場所での時間経過は曖昧だが、おそらくオルタンシアがここに閉じ込められて三日ほどが経過しただろうか。

最初は、身代金《みのしろきん》目当ての誘拐かと思っていた。

だがじきに、オルタンシアはそうでないことを悟り始めていた。

遠くから絹を裂くような悲鳴が聞こえ、オルタンシアはびくりと身をすくませる。

断続的に響く恐怖と苦痛を凝縮したような悲鳴に、ついに耐えきれずにオルタンシアは耳をふさいでしまった。

（ごめんなさい。助けられなくてごめんなさい……！）

がくがくと体が震え、かちかちと歯が鳴る。この音を聞きつけられたら誰かが来てしまうような気がして、オルタンシアはぎゅっと奥歯を噛《か》みしめる。

狭い牢獄の中で更に身を小さくし、ぼろぼろと涙を流しながら嗚咽《おえつ》を堪えていた。

時折、こうしてオルタンシアの耳に届く悲痛な絶叫。

そして、それと同時に漂ってくるのは……濃厚な血の臭いだ。

それだけで、ここで何が起こっているのか察せずにはいられなかった。

（きっと、順番が来れば私も……）

おそるおそる目を開けると、涙で滲《にじ》んだ視界の向こう――鉄格子の先の壁に、奇妙な紋様が描かれているのが目に入る。

目にしたことのない紋様だが、今のオルタンシアはその意味を悟っていた。

（やっぱりここは、魔神崇拝教団のアジトなんだ……！）

この国では「星神教《せいしんきょう》」が国教となっており、オルタンシアやヴェリテ公爵を始めとしたほとんどの国民が星神教を信仰している。

オルタンシアの加護を授けた女神アウリエラも、星神教の主要な神の一柱なのである。

星神教以外の信仰が一切《いっさい》認められていないわけではないが、ただ一つ、明確に禁止されている信仰がある。

それが、魔神崇拝だ。

星神教の神々と対立する魔神を崇拝する教団は古くから存在していた。彼らは異教徒狩りや人身御供《ひとみごくう》などの残酷な行為を繰り返し、ついには国として魔神信仰を禁ずるに至った。

だが教団は地下に潜み、今も異端審問官との戦いを続けているという……。

異端の教団は恐ろしいが、オルタンシアにとっては遠い世界の話のはずだった。

はずだった、のに……。

ジェラールの冷たい視線やアナベルのお小言に怯《おび》えていたのが遠い日のようだ。

今やオルタンシアは、彼らに会いたくて仕方がなかった。

(パメラの淹《い》れてくれたちょっと渋めの紅茶が飲みたいな……。アナベルが呼びに来たら丁寧に礼をして、「いつの間にそんなに上達されたのです?」って驚かせるの。お父様と一緒にお庭を散歩して、シャングリラの花を眺《なが》めるのもいいかも。それに、お兄様と――)

一度目の人生とは違い、ジェラールはなぜかオルタンシアのことを気にかけているようだ。

どうして彼がそうするのか、オルタンシアにはわからない。

ここで殺されれば、わからずじまいになってしまうのだ。

(お兄様と……もっとちゃんと、お話しすればよかったな……)

思えば、一度目の人生のときからオルタンシアは過剰にジェラールを恐れていたのかもしれない。

オルタンシアは彼に歩み寄ろうとはしなかった。

だから、彼が何を考えているかもわからないのだ。

もしもここから出ることができたら、今度はちゃんと逃げずにジェラールと向かい合おう。

家族として、公爵家の一員としては認められないかもしれない。

それでも、オルタンシアは兄として、一人の人間としてジェラールを尊敬していることを伝えたい。

奇跡的に殺されずにここから出られたら……の話だが。

そっと耳をふさいでいた手を離すと、もう悲鳴は途絶えていた。

だが今度は、魔神崇拝者のものと思わしき不気味な詠唱の声が聞こえてくる。

次の瞬間にでも彼らがやってきて、オルタンシアをここから引きずり出し、自分は魔神への供物《くもつ》として残虐に殺されてしまうかもしれない。

そんな恐怖と戦いながら、オルタンシアは必死に女神への祈りを捧《ささ》げた。

（どうか助けてください、女神様……）

（誰でもいい、ここから助け出して）

（助けて、誰か）

こうして狭い牢獄に閉じ込められていると、いやおうなしに一度目の人生――その終盤の一幕を思い出してしまう。

冤罪で捕らえられ、今と同じように牢獄へ閉じ込められ……きっと助かる、だって自分は何もしていないし、冤罪なのだからと、必死に自分に言い聞かせ続けた恐怖の日々のことを。

毎日、祈り続けた。だが、祈りは届かなかった。

やっと牢から出られたときには、もう処刑台へと一直線だったのだから。

きっと今回も、オルタンシアがこの牢獄から出られるのは自身の命を終えるときなのだろう。

そんな想像が頭を支配して、オルタンシアは膝《ひざ》に顔を埋めガタガタと震えた。

(助けて)

(助けて)

(助けて……お兄様)

なぜか頭に浮かぶのは、こちらを冷たい視線で見据《みす》えるジェラールの姿だった。

だが今は、少しも恐ろしいとは思えなかった。


ほどなくして、運命の日はやってきた。

精神的な疲労が限界に達し、ぼんやりと意識を手放しかけていたオルタンシアは、こちらへ向かってくるいくつもの足音にはっと我に返った。

(お願い、来ないで……!)

そんな願いもむなしく、無情にも足音はオルタンシアの牢の前でぴたりと止まる。

(帰って、帰って……!)

俯《うつむ》いて震えながら、オルタンシアは必死にそう念じた。

「ご機嫌麗しゅう、ヴェリテ公爵令嬢」

「ヒッ……！」

だが、ねっとりした声が耳に届きひっと息をのむ。

おそるおそる顔をあげると、格子の向こうからローブと奇妙な仮面を身に着けた人間が幾人も、じっとこちらを見つめていた。

その異様な姿に、オルタンシアは今度こそ恐怖の悲鳴をあげてしまう。

（やめて、来ないで……！）

必死にそう願ったが、ゆっくりと錠のまわる音と、扉の開く重たい音が無情にも響く。

「あぁ、そんなに怯えないでください、ヴェリテ公爵令嬢」

仮面をかぶった男が一人、怯えるオルタンシアを見下ろしねっとりと笑う。

（やっぱり、私が公爵令嬢だとわかったうえで誘拐したのね）

たとえ引き取られたばかりだとはいえ、公爵家のご令嬢が行方《ゆくえ》不明になれば大騒ぎになるだろう。

彼らはそれも覚悟のうえで、あえてオルタンシアをターゲットにしたのだ。

今すぐ泣きだしたいのを堪えながら、オルタンシアは必死に男を睨《にら》みつける。

「なぜ、私を誘拐したのですか」

みっともなく声が震えないように力を籠《こ》め、オルタンシアはそう問いかける。

すると、仮面の男は愉快でたまらないとでもいうように笑った。

「さすがは公爵家のご令嬢、もっと泣きわめくかと思っていたのですが……よろしい。あなたをここへお連れした訳をお教えしましょう」

仮面の男はくつくつと笑い、鉄格子の向こうの奇妙な紋様を指し示した。

「聡《さと》いお嬢様ならばもう感づいていらっしゃるかと思いますが、我々はあなたがたが『魔神』と呼ぶ存在を崇《あが》めております」

「……ええ、そのようね」

オルタンシアは爪が皮膚に食い込むほど、強く拳《こぶし》を握り締めた。

……そうしていないと、情けなく泣き叫んでしまいそうだったからだ。

たとえここで死ぬとしても、ヴェリテ公爵家の令嬢としての矜持《きょうじ》は曲げたくない。

(「真の淑女《しゅくじょ》たるもの、いついかなるときでも気を抜いてはなりません」——そうよね、アナベル)

あれほど恐れていたはずのアナベルの顔を思い出すと、なぜだか勇気が湧いてくる。

気丈に顔をあげたままのオルタンシアを見て、仮面の男は嬉《うれ》しそうに続けた。

「お嬢様もご存じの通り、我々は常に『魔神』へ捧げる贄《にえ》を欲しております。そしてヴェリテ公爵令嬢、あなたこそ我々が求めていた至上の贄となるでしょう」

「……なぜ、そう思ったのかしら」

「『魔神』が求めるのは強く、清らかな人間です。王族に匹敵する洗礼名を授かったあなたであれば、『魔神』もきっと満足なさることでしょう」

(ちょっと、女神様のせいじゃん！)

彼らの言い分を聞く限りは、オルタンシアがターゲットになったのは女神から強い加護を授けられたから……のようだ。

(女神様、世界が大変なことになるから止めてほしいみたいなことおっしゃってましたよね⁉　むしろ最悪のルートを辿《たど》ってるような気がするんですけど⁉)

まさか女神がオルタンシアに授けた力のせいで、窮地に陥《おちい》るとは。

運命の無情さに、オルタンシアは歯噛みせずにはいられなかった。

「あぁ、きっとあなたほどの逸材を捧げれば、『魔神』も完全に復活することでしょう！」

「え……？」

仮面の男が恍惚《こうこつ》と話す内容に、オルタンシアは一瞬恐怖も忘れて唖然《あぜん》としてしまった。

(ちょっと待って、魔神って……今は封印されてるはずだよね？)

世界に災厄を引き起こす魔神は、はるか昔に星神教の神々との争いに負け、地中深くに封印された……と伝えられている。

もしも魔神が復活したら、世界は大変なことになってしまうだろう。

(そんな、そんな恐ろしいことをこの人たちは……)

言葉を失うオルタンシアに、仮面の男はにやりと笑う。

そして、背後に控える者たちに命じた。

「連れていけ」

「やっ、やめて！」

オルタンシアは必死に逃げようとしたが、狭い牢の中に逃げる場所などあるわけがない。

何本もの手が伸びてきて、瞬く間にオルタンシアは捕らえられてしまった。

「さぁお嬢様、こちらへどうぞ」

「ヒッ！」

バタバタと手足を振り回して抵抗したが、仮面の者たちは意に介した様子もなくオルタンシアを運んでいく。

やがてたどり着いたのは……床の中心に奇妙な紋様の描かれた、石造りの広間のような場所だった。

（これは、何かの魔法陣……？）

床の紋様のまわりには、円を描くように等間隔にロウソクが置かれている。

部屋の中には拭《ぬぐ》いきれなかった血痕があちこちに残っており、なによりも……濃厚な「死」の気配が充満していた。

いや、それだけじゃない。

とてつもなく強大な、おぞましい気配がすぐ近くに感じられ、オルタンシアは息をのんだ。

(まさか、本当に魔神が復活しかけてるの……!?)

魔神崇拝教団の者たちは、この場所で幾人もの生贄を捧げてきたのだろう。

その結果、魔神の封印が解かれかけているのかもしれない。

(私がここで殺されれば、大変なことに……!)

あまり役には立っていないが、今のオルタンシアの身には女神アウリエラに与えられた加護があるのだ。

この状態で魔神に捧げられてしまえば、きっと大きな糧《かて》になってしまうことだろう。

オルタンシアは必死に逃げようとしたが、無駄だった。

紋様の中心には拘束具があり、オルタンシアは抵抗むなしく四肢を拘束されてしまう。

ここに連れてこられてから、何度も聞いた絶叫。今度はオルタンシアの番なのだろう。

みっともなく泣きわめきたくなるのを堪え、オルタンシアは気丈に仮面の男を睨みつけた。

「……あなたがたのやろうとしていることは、すべて無駄に終わります。ヴェリテ公爵家は……ジェラールお兄様はけっして、あなたがたのような者を許しはしません」

そう言い放つと、仮面の男はひどく嬉しそうに歪《ゆが》んだ笑みを浮かべた。

「まだそんな虚勢を張ることができるとは……わたくし、感服いたしました。あぁ、魔神に捧げるのが惜しくなるほどですよ！　ですが……そろそろお別れの時間ですね」

背後に控えていた仮面の者たちが、不気味な詠唱を始める。

それと同時に、目の前の仮面の男は懐《ふところ》から銀色に鈍く光るナイフを取り出した。

「あぁ、きっとお嬢様のような方は、その肌の下を流れる血も、内臓もすべて美しいのでしょうね……。この手で暴《あば》くことができるのを光栄に思いますよ」

常軌を逸した妄言を口走りながら、仮面の男が一歩一歩近づいてくる。

その光景を、オルタンシアは必死に歯を食いしばり、睨みつけていた。

──「真の淑女たるもの、いついかなるときでも気を抜いてはなりません」

できれば最期《さいご》までその教えを守っていたかったが……仮面の男がナイフを振り上げた瞬間、オルタンシアは襲い来る恐怖に負けてしまった。

「助けて……お兄様っ！」

とっさにそう叫んだときだった。

一瞬で、視界からすべての光が消え、あたりが漆黒の闇に包まれる。

オルタンシアは恐怖で自分の目がおかしくなったのかと思った。

だが……。

「なっ、どうなっている⁉　すぐに灯《あか》りを……ぐふっ」

目の前の仮面の男が狼狽《ろうばい》したように叫び……なぜかその言葉は途中でうめき声へと変わった。

オルタンシアが事態を理解する前に、ぱっと視界に光が戻ってくる。

果たして目の前には、先ほどと変わらず仮面の男がいた。

……胸元から、鋭い剣の刃先が突き出た姿で。

「ぐ、は……」

仮面の口元からごぽりと鮮血が溢《あふ》れ出《で》る。

それと同時に、仮面の男の体はぐらりと揺らぎ、床へと倒れ込んだ。

そこではじめて、男の背後にいる者——背後から一突きで仮面の男を殺した者の正体があらわになる。

オルタンシアは信じられない思いで、呆然《ぼうぜん》と彼を見上げた。

「お、兄様……？」

今まさに、オルタンシアを死の淵《ふち》から救い上げた者——オルタンシアの義兄、ジェラールは、少しも表情を動かさず仮面の男の体から剣を抜いた。

鋭い銀色の剣からぽたぽたと赤い血が滴《したた》っている。

だが彼はその血を拭《ぬぐ》うこともせず、まっすぐにオルタンシアを見つめている。

二人の視線が絡《から》み合《あ》う。

そのときばかりはこの場の状況も、たった今殺されかけていたことも忘れ、オルタンシアはまるで時間が止まったかのような錯覚を覚えていた。

ジェラールの冷たく、そして美しい瞳がじっとこちらを捉えている。

少し前まではあんなに怖かったその視線に、オルタンシアはまるで世界で一番の宝物を見つけたような気分で吸い寄せられていた。

だがすぐに、静寂を切り裂くように多数の声が響いた。

「乱入者か⁉」

「相手は一人だ！　殺せ‼」

残っていた仮面の者たちが、おのおの武器を手に襲いかかってくる。

オルタンシアは思わず悲鳴をあげてしまったが、すぐにジェラールがオルタンシアを庇《かば》うように間に陣取った。

そして、ここに来てはじめて彼は口を開いた。

「……目を閉じていろ」

不思議と、抗《あらが》えない響きを持つ声だった。

その声に従い、オルタンシアはぎゅっと目を閉じる。

怒号、剣戟《けんげき》、断末魔……だが、それもすぐに過ぎ去った。

やがて静かになったかと思うと、オルタンシアは傍《かたわ》らに誰かの気配を感じる。

「終わった。もう目を開けても大丈夫だ」

その声に、オルタンシアはそっと閉じていた瞼《まぶた》を開く。

視界に映るのは、じっとこちらを見下ろしているジェラールの姿だ。

彼の装束《しょうぞく》はおびただしい血に濡《ぬ》れていた。

それだけで、オルタンシアは自分が目を閉じている間に何が起こったのかを理解した。

血に染まった剣を手に、ジェラールはオルタンシアの四肢を戒《いまし》めていた拘束具を破壊していく。

すべてを破壊し終えると、ジェラールはオルタンシアの方へ手を伸ばし……その指先がオルタンシアの体に触れる直前で、戸惑《とまど》ったように動きを止めた。

彼の視線が捉えているのは、自らの指先——返り血で、真っ赤《まか》に染まった指先だ。

ジェラールは自らの手を見つめ、驚いたように目を開き……すぐに苦渋を感じさせるように眉をひそめた。

そして、そっとオルタンシアへと伸ばした手を引いていく。

……まるで、返り血に染まった手でオルタンシアに触れることを自らに禁ずるかのように。

だが、オルタンシアは我慢できなかった。

ジェラールはオルタンシアを絶望の淵から救い出してくれた。

たとえその手が何人の血に染まっていようとも関係ない。

彼に触れたい。温かな人のぬくもりを感じたい。

そんな思いに突き動かされるように、オルタンシアは自らジェラールの胸元に飛び込んだ。

「お兄様！」

ジェラールはオルタンシアの行動に驚いたように目を見開いたが、けっして突き放したりはしなかった。

べっとりと血に染まった装束越しに、彼の確かな体温を感じる。

「お兄様、お兄様……！」

様々な感情がごちゃまぜになって、オルタンシアは何を言いたいかもわからないままにジェラールを呼び続けた。

やがて、戸惑うようにジェラールの手がオルタンシアの背中に触れた。

そして、こわごわといった様子で、ぎゅっと抱きしめられる。

「……もう、大丈夫だ」

頭上からそう声が聞こえた途端、オルタンシアは安心して目を閉じ……すぐに意識を手放した。

◇◇◇

……明るくて、暖かい。

これは夢だろうか。

そうだ。きっと自分はまだあの薄暗くて寒々しい牢に囚《とら》われていて、優しい夢を見ているんだろう。

だったら、覚めたくはない。

もう少し、この柔らかな夢に浸《ひた》っていたい。

オルタンシアは目覚めに抵抗するように、ぎゅっと毛布を手繰《たぐ》り寄せた。

肌触りのよいシルクの毛布は、オルタンシアに確かな安心感を与えてくれる。

換気のために開けられた窓からは爽《さわ》やかな風が吹き付け、外からは小鳥の鳴き声が聞こえてくる。

パタパタと室内を歩き回る足音はパメラのものだろうか。

そっと手を伸ばすと、いつも一緒に寝ているクマのぬいぐるみに指が届いた。

引き寄せると、オルタンシアの大好きなにおいがした。

……なんて、リアルで幸せな夢なんだろう。

きっと目を開ければ、視界に映るのは硬く冷たい石の壁と、無骨な鉄格子に決まっている。

目を開けたくない。でも、もしかしたら……オルタンシアは悪い夢から覚めて、いつもの日常を取り戻すことができるかもしれない。

すぐそこにパメラがいるはずだ。

パメラの淹れてくれたちょっぴり渋い紅茶と一緒に、お気に入りのお菓子を食べたい。

「レッスンの時間です」とアナベルが呼びに来たら、慌てて立ち上がってにっこり笑ってみせるのだ。

今日は父と一緒に晩餐《ばんさん》をとることができるだろうか。

なんだか無性に彼と話したかった。

（それと、お兄様に――）

脳裏のジェラールの冷たい表情が蘇《よみがえ》る。

それと同時にフラッシュバックする、悲鳴、怒号、剣戟の音、ジェラールの装束を濡らすおびただしい鮮血――。

（っ――夢、じゃない⁉）

あのときの光景を思い出し、オルタンシアは悲鳴をあげて飛び起きた。

その途端、窓際《まどぎわ》の花瓶《かびん》の花を替えていたパメラが驚いたように花瓶を倒してしまった。

幸い割れはしなかったものの、こぼれた水が壁を伝い落ち、絨毯《じゅうたん》を濡らしていく。

とっさに「手伝わなくては……」と、オルタンシアがベッドから立ち上がろうとした途端――。

「お、お嬢様……！」

ぶわっと涙を浮かべて、パメラが飛びかかってきたのだ。

「はひっ⁉」

オルタンシアは思わず身構えてしまった。

突進する勢いでこちらへ突っ込んできたパメラは……潰れそうなほど強い力でオルタンシアを抱きしめたのだ。

「あぁお嬢様、お嬢様……！　よかった、もう目覚めないかと……」

「パ、パメラ……苦しいわ」

「わっ⁉　すみません、私ったら！」

オルタンシアが訴えると、パメラは慌てたようにオルタンシアの小さな体を解放した。

そして涙を拭うと、はっと気が付いたように立ち上がる。

「そうでした！　私、お嬢様がお目覚めになったことを皆さまに報告してきます‼」

そう言うやいなや、パメラはバタバタと足音を響かせてオルタンシアの部屋を出ていった。

その背中が見えなくなったところで、オルタンシアはおそるおそる自分の体を見下ろした。

（生きてる……よね？）

わきわきと指を動かし、ぱたぱたと足を動かし……オルタンシアは自分の体がどこも正常に動くことを確認した。

そうしているうちに、部屋の外がにわかに騒がしくなる。

「オルタンシア！」

扉を蹴破るようにして真っ先に部屋に入ってきたのは、オルタンシアの父であるヴェリテ公爵だった。

「お父様！」

「あぁオルタンシア。よかった……。君が無事に戻ってきたことが私はなによりも嬉しいよ」

「お父様、私……」

オルタンシアは自分の身に何があったのか説明しようとした。

だがその途端、おぞましい記憶がフラッシュバックしてひっと息をのむ。

暗く冷たい牢獄。生贄にされた者たちの絶叫、不気味な魔法陣、床に広がる鮮血、そして――。

「大丈夫だ、オルタンシア。何も言わなくていい」

父は安心させるように、優しくオルタンシアを抱きしめてくれた。

「あの場所に何があったのかはジェラールにすべて聞いた。君を閉じ込めていた奴《やつ》らも、もういない。……すべて終わったんだよ、オルタンシア」

「終わった……？」

「あぁ、だから何も思い出さなくていいんだ。しばらくはゆっくり休むといい。大丈夫、ここには君を傷つけようとする者は誰もいない」

オルタンシアはぎゅっと父に抱き着いた。

――「ここには君を傷つけようとする者は誰もいない」

少し前までは恐ろしくてたまらなかった公爵邸が、まるで世界で一番安心できる場所のように感じられた。

冷静だったつもりだが、どうやらオルタンシアはこの誘拐騒動で思ったよりも心に傷を負っていたようだ。

まず、暗い場所が恐ろしくてたまらなくなった。

どうしてもあの牢獄を思い出してしまい、それに伴いおぞましい記憶が蘇ってくるからだ。

夜もパメラに頼んで灯りを落とさないままベッドに入る。

それでも、なかなか寝付けなかったし、寝付いたとしても襲い来る悪夢に悲鳴をあげて飛び起きることも少なくない。

悪夢の中では、オルタンシアは決まってあの牢獄の中にいた。

そして記憶と同じように連れ出され、拘束され……あのときとは違い、ジェラールの助けは訪れない。

それどころか、オルタンシアの足元に無数の亡者《もうじゃ》が絡みつき、恨みがましい声で囁《ささや》くのだ。

『なんで助けてくれなかったの』

『どうしてお前だけ』

『許　さ　な　い』

悪夢を見た後は、眠るのが怖くなる。

柔らかな毛布にくるまり、ぬいぐるみを抱きしめ……震えながら朝を待つしかないのだ。

おかげで体調は優れないし、目の下には濃いクマができるし、散々だ。

だが、少しだけいいこともあった。

オルタンシアが公爵邸で目覚めた翌日、教育係であるアナベルがオルタンシアの私室を訪れたのだ。

そのときオルタンシアは、寝間着のまま髪もぐちゃぐちゃでベッドの上で膝を抱え、とても「淑女」とは言えないひどい有様《ありさま》だった。

アナベルはそんなオルタンシアを見て、何かを堪えるようにぎゅっと表情を引き締めた。

きっと今のオルタンシアのだらしなさにお小言を言うのだろう。

そう思ったが、どうにも身だしなみを整える気にもなれずに、オルタンシアはぼんやりとこちらへ近づいてくるアナベルを眺めていた。

彼女はオルタンシアのベッドの手前でぴたりと足を止める。

そして……次の瞬間その場に崩れ落ちた。

「お嬢様……よくぞ無事に戻って……！」

「ア、アナベル……⁉」

いつもキリッとした彼女のはじめて見る姿に、オルタンシアは慌ててしまった。

おそるおそるアナベルの方へ手を伸ばすと、その手をぎゅっと握られる。

更にはそこにぽたりと涙の雫《しずく》がこぼれ落ち、オルタンシアは仰天してしまった。

（あのアナベルが泣いてる……⁉　私がこんなにみっともない格好だから……？）

「あの、ごめんなさいアナベル。私――」

「お嬢様が謝罪しなければならないことなんて何一つございません！」

アナベルがすごい剣幕でそうまくしたてたので、またしてもオルタンシアは仰天してしまった。

「お嬢様が生きてここに戻っていらした……それだけで、十分なのです」

涙をこぼしながら、アナベルは何度も何度もそう言った。

その言葉に、オルタンシアの胸もじんわりと熱くなる。

（あぁ、私は……もしかしたら、大切なことを見逃していたのかもしれない）

アナベルはいつもオルタンシアに厳しかった。

だからオルタンシアは、彼女は自分のことが嫌いなのだと思い込み、恐れていた。

だが、きっとそれだけではなかったのだ。

アナベルがオルタンシアに厳しくするのは、それが彼女の職務だからだ。

社交の場に出たときに、オルタンシアが恥をかいてはいけないと思い、淑女の何たるかを厳しく教え込んでいたのだろう。

おかげで、二度目の人生のオルタンシアは社交の場であるお茶会に出ても、恥をかくことはなかった。

本当にオルタンシアのことがどうでもよかったのなら、公爵令嬢たるオルタンシアの機嫌を損ねないようにもっと適当に接することもできただろう。

だが、彼女はそうしなかった。

オルタンシアに嫌われ、自らの職を追われる危険を冒してでも、オルタンシアを鍛え上げてくれたのだ。それは、心からオルタンシアの行く末を案じているからに他ならない。

もしオルタンシアが逃げずにアナベルと向かい合っていたら、もっと早くに彼女の真意に気づけ

たかもしれない。

オルタンシアは自分も泣きたいような気分に襲われながらも、ぎゅっとアナベルの手を握り返した。

「……ありがとう、アナベル。私は大丈夫……とは言い切れないけど、もう少し落ち着いたらあなたのレッスンも再開したいわ」

「えぇ、えぇ！　いつでもお待ちしております……！　ですが、今はゆっくり休んでください。お嬢様には身も心も休息が必要なのですから」

涙ながらにそう告げるアナベルに、オルタンシアはゆっくりと頷《うなず》いた。

そんなわけで、特にすることがないオルタンシアは数日間ぼんやりしていた。

だが、集中することがないと逆にふとした瞬間に嫌な記憶を思い出してしまう。

気分転換に、オルタンシアは庭へ出ることにした。

パメラについてきてもらおうかとも思ったが、ちょうど彼女は仕事でどこかに行っているようだ。

いくら公爵邸の敷地《しきち》内とはいえ、寝間着で外に出るのははばかられる。

仕方なく簡素なドレスに着替え、オルタンシアはふらふらと部屋の外へとさまよい出たのだった。

庭園へたどり着いたオルタンシアが向かったのは、ジェラールの命で植えられたシャングリラの花壇だった。

幻想的な蒼《あお》の花を、ぼんやりと眺める。

……いったいどのくらい時間が経《た》ったのだろうか。

背後からこちらへ近づいてくる忙《せわ》しない足音が聞こえ、オルタンシアははっと我に返った。

何事かと振り返り……オルタンシアは仰天してしまった。

いつも以上に険しい表情のジェラールが、ずんずんと早足でこちらへ近づいてくるではないか。

瞬く間に目の前までやってきたジェラールは、オルタンシアの一歩手前で立ち止まりこちらを見下ろしている。

その絶対零度の視線が自分を責めているように感じられて、オルタンシアは思わず息をのむ。

「お、お兄様……」

ジェラールの手がぬっとこちらへ伸びてきて、反射的にオルタンシアはぎゅっと目を瞑《つむ》りびくりと身をすくませた。

だが……オルタンシアが予期したような気配はなく、ぽん、と優しく頭に手が置かれただけだった。

「……お前がいなくなったと、お前のメイドが取り乱しながら騒いでいた」

「あ……」

そこではじめて、オルタンシアは書き置きも残さずに部屋を出てきてしまったことに気が付いた。

「あの……私は大丈夫だって、パメラに知らせていただけますか？」

通りがかった庭師を呼び止めそう頼むと、珍しくジェラールが口添えしてくれた。

「用が済んだら俺が部屋へ送っていく。そのメイドには部屋で待機しているようにと伝えろ」

「はっ、承知いたしました」

ジェラールから直《じか》に命を受けたのに緊張したのか、庭師はぎこちない動きで去っていく。

庭師の姿が見えなくなると、その場を沈黙が支配した。

時折風が草花を揺らす音と、鳥や虫の声だけが響く穏やかな空間だ。

ジェラールは何も言わなかった。

ただ、じっとシャングリラの花を見つめるオルタンシアの傍《そば》に寄り添っていた。

「……眠れないんです」

気が付けば、オルタンシアはそう口に出していた。

「いつも、怖い夢を見てしまって。もしかしたら私は、今もあの場所にいるんじゃないかって思ってしまって……眠るのが、怖いんです」

こんなことを言われても、ジェラールだって困るだろう。

そうはわかっていても、止められなかった。

「もしかしたら、またあの場所に引きずり戻され――ひゃっ！」

言葉の途中で急激な浮遊感に襲われ、オルタンシアは素っ頓狂な声をあげてしまった。

「お、お兄様⁉」

なんとジェラールは、いきなりオルタンシアの体を抱き上げたのだ。

　一度目の人生も、二度目の人生を合わせても、彼にこんなふうにされたのははじめてで、オルタンシアは一気に混乱してしまった。

「あっ、あの……」

「見ろ」

　たった一言そう言って、ジェラールは公爵邸のだだっ広い庭園の方を指し示した。

　おそるおそるそちらへ視線をやり……オルタンシアは思わず感嘆の声をあげた。

「きれい……」

　公爵邸の美しい庭園が、夕陽《ゆうひ》を浴びて一面黄金色に輝いている。

　オルタンシアの小さな背丈《せたけ》ではけっして見られなかった光景だ。

「ここが、お前の居場所だ」

　ジェラールは静かにそう告げた。

　その言葉がすっと胸の奥深くに染みわたり……オルタンシアは不覚にも泣きそうになってしまう。

「私……ここにいてもいいですか」

「父上がお前を迎え入れると決めた以上、誰もその決定に異を唱えることは許されない。もしもそんな奴がいたら……俺に言え。すぐに消してやる」

　それは、控えめながらもジェラールがオルタンシアを「公爵家の一員」だと認める言葉だった。

　じわりと涙が滲んできて、オルタンシアはぎゅっとジェラールの肩口に顔を埋めた。

……二度目の人生は、うまくいったと思ったら最悪のルートに進んだり、オルタンシアも予期せぬ方向へと流されることもある。

でも、いったいなぜかはわからないが……少なくとも、ジェラールはオルタンシアのことを受け入れてくれているようだ。

たったそれだけで、何もかもが報われるような気がした。

「……ありがとうございます、お兄様」

小声でそう呟《つぶや》いて、オルタンシアは義兄の肩に顔を埋めたままそっと目を閉じた。

そしてそのまま……ここ数日得られなかった穏やかな眠りへと落ちていったのだった。

不思議と、悪夢は見なかった。

第5章　いざ精霊界へ

「……あの、ジェラール様」

「なんだ」

その日、ヴェリテ公爵家に雇われた教師の一人――パトリスは静かに冷や汗をかいていた。

目の前にいるのは公爵家の嫡男であるジェラール・ヴェリテその人である。

幼いころから、彼は気難しい人間だった。相手が子どもだとわかっていても、その前に立つといつも身の引き締まる思いがした。

最初のころは、恥ずかしながらずいぶんと彼を恐れたものだ。だがジェラールは理由もなく他者を罰したりはしない。学習態度は真面目で勤勉。四大公爵家の跡継ぎにふさわしい、優れた才を秘めていた。

今や彼はパトリスにとって自慢の教え子だ。だが今、久方ぶりにパトリスは彼の前でおろおろと視線を彷徨《さまよ》わせていた。

豪奢《ごうしゃ》なソファに腰掛けたジェラールはいつもと変わらず、涼しい顔で教本に視線を落としている。

だがその傍《かたわ》らでは、幼い少女――最近この屋敷《やしき》に引き取られた公爵令嬢オルタンシアが、彼にもたれかかるようにしてくぅくぅと穏やかな寝息を立てていたのだ。

「…………」

あまりにも似合わなすぎる光景である。

これが普段から仲の良い兄妹《きょうだい》であれば微笑《ほほえ》ましいことこの上ないのだが、パトリスの知る限りジェラールとオルタンシアの間にほとんど交流はなかったはずだ。

それどころか、あの氷のように冷たいと評判のジェラールが！

たとえ実の妹相手だろうが、このようにべたべたに甘やかすなんて!!

オルタンシアが誘拐され、ジェラールにも何か心境の変化があったのだろうか……。

このまま何も気にしていないふりをして授業を進めることは可能だ。

だが……つい口を挟んでしまった。

「あの、お嬢様をお部屋にお連れした方が――」

「問題ない。授業を続けろ」

「承知いたしましたー！」

口を挟んだ途端ギロリと睨《にら》まれ、パトリスは一瞬でその剣幕にすくみあがってしまった。

カチコチと固まりながらもぎこちなく授業を進めていく。

そんな緊迫した空気の中でも、オルタンシアは穏やかにすやすやと眠っていた。

「ふわぁ……あれ？」

心地よい眠りから目覚め、オルタンシアはふと違和感を覚えた。

室内がずいぶんと暗い。おかしい、今は昼間だったはずだが……。

「起きたのか」

「わわっ⁉」

急に傍らから声をかけられ、オルタンシアは思わず飛び上がってしまった。

「お、お兄様……⁉」

見れば、ジェラールがいつものように表情一つ変えず、じっとオルタンシアを見つめていた。

（あれ、私……お兄様とお話ししていたはずじゃあ……まさか！）

事態を悟ったオルタンシアは青くなった。

屋敷内をふらふらしていたら偶然ジェラールと会い、次の授業のために予習をしていた彼の隣に腰掛け、とりとめのない話をしていたら……いつの間にか眠ってしまっていたようだ。

オルタンシアが眠る前はまだ昼過ぎだったが、今はもう夕陽《ゆうひ》が沈みかけている。

（そんな、私……みっともなくグースカ寝てお兄様にご迷惑を！）

「も、申し訳ございませんでした……」

身を縮こませてそう謝ると、ジェラールの手がぬっとこちらへ伸びてくる。

反射的にびくりと身をすくませたが、ぽん、と優しく頭に手が置かれ思わず力が抜けてしまう。

「別に、構わない」

「でも、お兄様のお勉強の邪魔に――」

「授業なら問題なく遂行した。お前が寝ていたところでなんの問題もない」

（うぅ、申し訳ございませんでした先生方……）

きっとジェラールの隣で寝ていたオルタンシアを目にした教師たちは、ひどく驚いたことだろう。

心の中で彼らに謝っていると、ジェラールが再びぽんぽんとオルタンシアの頭を不器用に撫《な》でた。

「……まだ、夜はあまり眠れていないのだろう。睡眠は取れるときに取っておけ」

こちらを案じる言葉に、オルタンシアの胸はじんわりと熱くなった。

「…………はい」

頭を撫でる手つきはひどく不器用だ。だが……彼がオルタンシアの身を心配してくれているということがはっきりとわかる。

二度目の人生は、少しずつ変わり始めている。

良い方向に進んでいるのか、悪い方向に進んでいるのかはわからない。

だが、確かなのは……。

（少なくとも、お兄様との関係は前より近づいているよね）

頭に手のひらを感じながら、オルタンシアは安堵《あんど》の息を吐いた。

（でも、私ももっと強くならなきゃ）

オルタンシアの第一目標は、とにかく生き延びることだ。

誘拐事件はたまたまジェラールが助けてくれたが、オルタンシアの危機にいつも彼が駆けつけてくれるとは限らない。

今回のように、予期せぬ危険に巻き込まれることもあるだろう。

だから……自分の身は自分で守れるようにならなければ。

（よし、頑張ろう！）

そう決意してジェラールの方を見返すと、彼は不思議そうに瞬《まばた》きをした。


（とは言っても……）

具体的にどうすれば、強くなれるのだろう。

自室のベッドの上で、ぎゅっとクッションを抱きしめながらオルタンシアは考えていた。

（強い、強いといえば……）

まず頭に思い浮かぶのは、勇ましく剣を佩《は》いた騎士のイメージだ。

（私だって鍛えれば……凄腕《すごうで》の騎士になれるかな？）

そう考えると途端にわくわくしてきた。

たとえ敵が向かってきたとしても、バッサバッサとなぎ倒してやるのだ。

かっこよく相手を倒す自分の姿を想像し、オルタンシアは目を輝かせて立ち上がる。

そんなオルタンシアを見て、控えていたパメラが目を丸くした。

「お嬢様、どちらへ？」

「騎士団よ」

「騎士団!?　どうしてそんなところに……」

「私、強い騎士になりたいの！」

「えぇぇ!?」

目を白黒させるパメラに、オルタンシアは頼み込んだ。

「ねぇパメラ。案内してもらえる？」

「駄目です！　お嬢様には危険です!!」

基本的にオルタンシアの意思を最優先してくれるパメラだが、このときばかりは強固に反対されてしまった。

「お嬢様は騎士団が何をするところか知っているのですか!?　危険な武器を扱ったりもするのですよ？　お嬢様にもしものことがあったら……あぁ恐ろしい」

「ねぇパメラ、お願い……」

こうなったら奥の手だ。オルタンシアは精一杯甘えた声を出し、パメラのエプロンにしがみついた。

「お願い、こんなこと頼めるのはパメラだけなの。パメラはシアのこときらい……？」

うるうると目を潤ませて、オルタンシアはぶりっこ攻撃を炸裂《さくれつ》させた。

もちろん、パメラに効果抜群なことは研究済みである。

今回も、パメラは数秒持たずに陥落した。

「うっ……仕方ありませんね！　ただし、絶対に危険なことはしないでくださいね？　ただの見学ですからね！」

「わぁい！　パメラだいすき‼」

ぎゅっと抱き着きながら、オルタンシアはパメラに見えないようにニヤリとあくどい笑みを浮かべるのだった。


「わぁ、ここが騎士団の訓練場なのね！」

そうして、オルタンシアとパメラは騎士団の訓練場へと足を踏み入れた。

ヴェリテ公爵家はそれなりの規模の私設騎士団を抱えている。

一度目の人生でもオルタンシアはその存在を知っていたが、わざわざ訓練場まで見に行ったことはなかった。

妾腹《しょうふく》（かどうかも怪しい）の自分の出自にコンプレックスを抱いていたのだ。

（うぅん……使用人の人たちだって最初は冷たかったし、ものすごい蔑んだ眼《め》で見られたらどうしよう……）

勢い勇んで来たはいいものの、オルタンシアはここにきて自信を喪失しかけていた。

だが「やっぱり帰る」などというわけにもいかない。

のっそりと足を進めていると……近くで休憩していた騎士の一人がこちらに気が付いたのか声をかけてくる。

「おや、どうなさいましたか？」

「こちらは公爵閣下《かっか》の御息女のオルタンシア様であられます。オルタンシア様が騎士団副団長にお会いしたいと希望されております」

「お嬢様⁉　失礼いたしました、今副団長を呼んでまいります‼」

（ヒェッ！　思ったよりおおごとになっちゃったかも……）

オルタンシアはのこのこと軽率にやってきてしまったことを少し後悔した。

（公爵令嬢って、大変な立場なんだなぁ……）

今更ながらにそう思ってしまう。そわそわしながら待っていると、やがて先ほどの騎士とともに大柄の男性がこちらへやってくるのが見える。

（この人が、副団長……）

オルタンシアはこわごわと目の前の男性を見上げた。

年の頃は四十代ほどだろうか。衣装越しにも鍛えられた筋肉が見て取れるほどだ。

――獰猛《どうもう》で大きな熊。

それが、オルタンシアが目の前の人物に抱いた第一印象だった。

正直に言って、かなり怖い。

（そうだよね、騎士団を統率してるんだもの。このくらいの威厳がなくっちゃ……）

騎士団の長はオルタンシアの父、ヴェリテ公爵となっている。

だが父はあくまで名目上の団長であり、実質的に騎士団をまとめているのは目の前の男性なのだ。

「お初にお目にかかります、オルタンシアお嬢様」

彼はすっとオルタンシアの前に跪《ひざまず》き、視線を合わせた。

「ヴェリテ騎士団副団長を務《つと》めております、アンベール・テリエと申します」

「お初にお目にかかります、テリエ卿《きょう》。先日ヴェリテ公爵家の一員となりました、オルタンシアと申します。どうぞよしなに」

アナベルのレッスンを思い出しながら最大限優雅に礼をしてみせると、テリエ卿はすっと目を細めた。

「ほぉ、これはこれは……」

（うっ、何かまずかった……⁉）

内心びくびくするオルタンシアを、テリエ卿はじっと見つめている。

「失礼ですが、あまりお父上や兄上には似ていらっしゃらないようですな」

その言葉を聞いた途端、オルタンシアは心臓が凍り付いたかのような心地を味わった。

父や兄に似ていない――つまり、遠回しにオルタンシアを公爵家の一員だと認められないと言いたいのだろう。

(……わかる人には、わかっちゃうのかな)

実際オルタンシアは、父の血を引いているかどうかもわからない。

生まれは卑《いや》しい酒場の女の娘。公爵家に引き取られるまでは下町の孤児院で暮らしていたのだ。

そんなどこの馬の骨ともわからない相手に、騎士として忠誠は捧《ささ》げられないのだろう。

(ここに、来るべきじゃなかった……)

がくがくと足が震えそうになってしまう。

そんなオルタンシアを見て、テリエ卿はにやりと笑った。

「本当に、似ていない。まさか……あの狸親父《たぬきおやじ》にこんなに可愛《かわい》い女の子が生まれるなんて!」

(……あれ?)

思ってもみなかった言葉に、オルタンシアはおそるおそる顔をあげる。

そして仰天した。

こちらを冷たい視線で見下ろしているはずのテリエ卿は、なぜかデレデレと締まりのない笑みを浮かべていたのだから!

「あぁ、本当に可愛い……！　いったいあの狸親父は前世でどんな善行を積んだらこんなに可愛い娘に恵まれるんだ？」

「……副団長、オルタンシアお嬢様が困惑しておられます」

「おっとすまんすまん。どうにもうちの娘の小さいころを思い出してしまってな。今じゃ『お父さん臭い！　私の服と一緒に洗わないで！』なんて言うようになりおって……」

もう一人の騎士にこそりと注意されたテリエ卿は、なにやら哀愁を漂わせながらもオルタンシアを安心させるように、にっこりと笑ってみせる。

「取り乱してしまい申し訳ございません、お嬢様。あの狸親父……失礼、公爵閣下とはいい意味で似ていらっしゃらなかったので、奇跡が起きたのだと驚いてしまいました」

そのあけすけな言い方に、オルタンシアは思わずくすりと笑ってしまった。

「ふふ、父と親しいのですね」

「ええ、何度も共に死地を駆け抜けましたから。彼は武力よりも悪知恵……いや知略に優れており、私はこの通り力しか取り柄のない人間です。持ちつ持たれつという奴《やつ》ですね」

（よかった。思ったよりいい人みたい……）

テリエ卿の穏やかな態度に、オルタンシアは心底安堵した。

汚らわしい妾《めかけ》の子だと蔑まれるかと思いきや、まさかこんなふうに歓待してもらえるとは。

「えっと私、実は……剣を学びたくて、今日は見学に来たのです」

そう言うと、テリエ卿は驚いたように目を丸くした。

「剣？　剣というと……我々が持っているこれですか？」

「えぇ、それです！」

テリエ卿が腰に佩いた剣を指し、オルタンシアは何度も頷《うなず》いた。

意図は伝わっているようだが……なぜか彼は、困ったように眉根を寄せた。

「なるほど、なるほど……。しかしまずは、お嬢様に現実を知っていただかなければ」

小さく息を吐くと、テリエ卿は佩いていた剣を鞘《さや》ごと外した。

そして鞘の先を地面につけると、優しくオルタンシアに微笑みかける。

「ではお嬢様、まずはこの剣を持ってみてください」

「…………？　はい」

よくわからないまま、オルタンシアは剣に触れた。

それを確認して、テリエ卿が手を放す。だがその途端――。

「わわっ⁉」

「お嬢様！」

ぐらりと剣が傾き、オルタンシアの方へと倒れてくる。

慌てて支えようとしたが、オルタンシアの力ではびくともしなかった。

（た、倒れる！）

「おっと」

ぐらりとオルタンシアの体が傾きかけた途端、テリエ卿が軽々と剣ごとオルタンシアを支えてくれた。

「おわかりいただけましたでしょうか、お嬢様。このように、騎士として剣を扱うにはまず力を……筋肉をつける必要がございます。お嬢様が望むのでしたらみっちりと鍛えて差し上げますが――」

（うっ、剣がこんなに重いなんて……真面目に修行したら何年かかるんだろう……？）

オルタンシアは己の非力さを嘆いた。このまま彼に師事して騎士を目指すという手もあるが……実力が身に着くまでには何年もかかりそうだ。

（ゆっくりしてたらまた処刑されちゃいそうなんだよね……！）

「ご丁寧にありがとうございました。もう少し、考えてみようと思います……」

ぺこりと頭を下げると、テリエ卿は表情を緩めた。

「誰にでも向き不向きがあるものです、お嬢様。また気が向いたらいつでもいらしてください。我々も励《はげ》みになりますので。もちろんお嬢様をムッキムキにするお手伝いも――」

「テリエ卿！　お嬢様にムキムキなんて似合いません！」

「ははっ、すまんすまん」

憤慨したパメラを宥《なだ》めながら、オルタンシアはその場を後にした。

どうやら、作戦を練り直す必要がありそうだ。

その夜、自室に戻ってうんうんと唸《うな》っていると……不意にオルタンシアは父の執務室へと呼び出しを受けた。

(うっ、もしかして騎士団に迷惑をかけちゃったことを怒られるかな?)

ドキドキしながら執務室の扉を叩《たた》くと、意外と優しい声で入室を許可された。

「失礼します……」

おそるおそる室内に足を踏み入れると、父はいつものように笑顔で出迎えてくれた。

「よく来てくれたね、オルタンシア。そこに掛けなさい」

ソファを勧められ、オルタンシアはちょこんと腰を下ろす。

「どうして私が君を呼んだかわかるかい?」

「……昼間に騎士団を訪ねた件でしょうか」

「あぁ、その通りだ」

「ごめんなさい、お父様。私皆さんにご迷惑を……」

しょんぼりと落ち込むオルタンシアの頭を、近付いてきた父は大きな手で撫でてくれた。

彼はオルタンシアの隣に腰掛けると、優しく口を開いた。

「誰も君を責めてはいないよ。ただ、理由が聞きたいと思ってね」

父に促《うなが》され、オルタンシアはおずおずと口を開いた。

「私……強くなりたいと思ったんです。またあんな目に遭っても、今度は自分で逃げ出せるように」

オルタンシアの言葉を聞いて、父は目を丸くした。

「……そうだったのか」

彼はオルタンシアを責めなかった。咎《とが》めもしなかった。

ただ静かに、オルタンシアの胸の内を慮《おもんぱか》ってくれたのだ。

「済まなかったね、オルタンシア。あの日、みすみすと君を奪われたのは私たちの落ち度だ。あの事件に関わった者は、ことごとく二度と君の前に現れないように消しておいたが……私たちのいる場所は、いつも危険と隣り合わせなのも確かだ」

父は昔を思い出すかのように深く目を閉じ、小さくため息をついた。

「私も昔から幾度も危険な目に遭ったよ。今こうして生きているのが奇跡だと思えるくらいだ。残念ながら私はあまり武の才には恵まれなくてね。君の気持ちもよくわかるさ」

父はオルタンシアの小さな手を取った。そして、くすりと笑う。

「確かに、この小さな手で剣を扱うにはあと百年くらいはかかるかもしれないな」

「もう、お父様！　私は真剣なんです！」

「はは、済まない。だがオルタンシア、自分の身を守るのは剣だけではない。……ひとつ、自分の才を試してはみないかい？」

そう言うと、父は立ち上がり執務室の机から一本の鍵を取り出した。

宝石で装飾がなされた、美しい鍵だ。

「これは、はるか昔から我がヴェリテ公爵家に力を貸してくれる、精霊たちの世界へ繋《つな》がる鍵だ」

「えぇっ⁉」

「精霊界へ足を踏み入れ、精霊に助力を請うてみるといい。うまくいけば、彼らは君を守る強い味方となってくれるだろう」

父はそっとオルタンシアの手に美しい鍵を握らせた。

「少し準備が必要だからね。君にその気があるのなら、明日の夜にまたここへ来るといい。精霊界へ繋がる扉へと案内しよう」

父はまっすぐにオルタンシアを見つめながら、にやりと笑った。

オルタンシアは信じられないような思いで、父の顔と手元の鍵へと交互に視線をやるのだった。


——「君にその気があるのなら、明日の夜にまたここへ来るといい」

翌日、オルタンシアは悩んでいた。

父の誘いに乗って、精霊界に足を踏み入れるべきか、やめておくべきか……。

(いやそもそも……精霊ってよくわからないんだよね)

精霊とは、ここことは別の世界に住む生き物であり、人よりも神に近いとされている。

古くから人と精霊が協力し大事を成し遂げるようなおとぎ話は数多くあるが……オルタンシアに

とっては遠い世界の話だった。

（軽率に精霊界に行っても大丈夫？　怒られて攻撃されたりしないかな……？）

精霊が力を貸してくれるのは、高貴な生まれだったり、高潔な精神を持っている特別な人間だと相場が決まっている。

なのにオルタンシアときたら公爵家の血筋かどうかも怪しいし、高潔な精神の持ち主だとも言いがたい。

正直不安で仕方ないが、このまま悩んでいても始まらないだろう。

（よし、精霊について調べてみよっと）

部屋を出たオルタンシアが向かったのは、公爵邸にある書庫だ。

一度目の人生のときから、書庫には馴染《なじ》みがある。

内向的な性格のオルタンシアは、ひたすら部屋にこもり読書や裁縫を友としていたのだ。

書庫に足を踏み入れると、すぐに司書が声をかけてくれた。

「おや、オルタンシアお嬢様。なにか本をお探しですか？」

「ええ、精霊に関する本を見たいの」

「承知いたしました。少々お待ちください」

ほどなくして司書は、いくつもの本を抱えて戻ってきた。

丁寧に礼を言い、オルタンシアは近くの机に本を広げぱらぱらとページをめくる。

（昔から、ヴェリテ公爵家には精霊を使役する人がいたのね）

時代を下るにつれ、精霊の力を行使する人間は減りつつあるようだ。

だが、ヴェリテ家では歴代当主の多くが強大な精霊を従えていたのだという。

もしもオルタンシアが、彼らのように精霊の助力を得ることができたら――。

そう考えたとき、すっとページに影が落ちた。

反射的に顔をあげたオルタンシアは、いつの間にか傍らにやってきていた人物に仰天してしまう。

「お、お兄様⁉」

なんとジェラールが、じっとこちらをのぞき込んでいるではないか。

まったく彼の存在に気が付かなかったオルタンシアは驚きに固まってしまう。

そんなオルタンシアを一瞥《いちべつ》して、ジェラールは静かに口を開いた。

「……父上に、精霊との契約を勧められたそうだな」

「あ、はい……」

なぜジェラールがそのことを知っているのだろう。父が話したのだろうか。

不思議に思ったが、とりあえずオルタンシアは頷いておいた。

「必要ない」

「え？」

「精霊界に行く必要はない」

ジェラールは至極《しごく》真面目な顔で、畳みかけるようにそう告げた。

オルタンシアは戸惑《とまど》いながらも、事情を説明しようと口を開く。

「で、でも……もしまた危険な目に遭ったときに、私にも何か身を守る手段はあった方がいいと思って……」

「その必要はない。お前を狙う危険分子は、すべて事前に潰しておく」

「…………え？」

「これからは、何があっても俺がお前を守ると言ったんだ」

表情一つ変えずに、ジェラールは確かにそう宣言した。

数秒かけてその意味をかみ砕いたオルタンシアは、様々な感情が溢《あふ》れ出《だ》して胸が詰まったかのような心地を味わった。

（あのお兄様が、私にこんなことを言ってくださるなんて……）

――「俺は一度たりとも、お前を妹などと思ったことはない」

今でも耳の奥に残る、すべてを凍《い》てつかせるような冷たい声。

間違いなくあのときの彼は、オルタンシアのことを嫌っていた。見殺しにした。

だけど、今は……。

（私のことを、心配してくださるのね……）

きっとオルタンシアが精霊界に行くのを止めようとするのも、オルタンシアの身を案じてのことだろう。

彼の不器用な優しさが、じんわりと胸に染みわたる。

（大丈夫、未来は明るい方向に進んでいるはず……）

だからこそ、オルタンシアは決意した。

「ありがとうございます、お兄様。でも、私……精霊界に行くことを決めました」

「なぜだ、必要ないと言ったはずだが」

「だって……私が強くなれば、お兄様に何かあったときにお兄様をお守りできるでしょう？」

にっこり笑ってそう告げると、ジェラールは意表を突かれたような顔をした。

彼がこんなふうに感情を顔に出すのは珍しい。

オルタンシアはくすりと笑う。

（女神様のお告げが本当だとしたら、この先お兄様に何が起こるのかわからない。だったら、私が守れるように強くならないとね！）

「大丈夫です、お兄様。私、絶対に元気に帰ってきますから！」

そう言うとジェラールは複雑そうな顔をしたが、それ以上オルタンシアを止めようとはしなかった。

（お兄様も私が不甲斐《ふがい》ないからこうやって止めようとするんだよね……。よし、精霊に力を借りてもっと強くならなくちゃ！）

俄然《がぜん》やる気になったオルタンシアは、日が落ちるとすぐに父の執務室へと向かったのだった。

「王家や四大公爵家にはそれぞれゆかりある精霊がいてね。その精霊の生息域に近い場所に繋がる『扉』を所持しているんだ。精霊界は広大で、なんの道しるべもなく足を踏み入れたら迷ってしまうからね」

そう話す父の声が、石造りの狭い階段に響く。

彼が手にしたロウソクの明かりを頼りに、オルタンシアは転ばないようにおっかなびっくり父の後を追い、階段を下っていく。

約束通りに執務室を訪れたオルタンシアを、父は秘密の通路へと誘《いざな》った。

(公爵邸に秘密の通路があるって話は聞いていたけど、本当だったんだ……)

執務室の本棚の後ろに存在する隠し扉——そこから続く階段を下り続け、おそらくここはすでに地下の空間なのだろう。

オルタンシアは緊張のあまり自分の手が震えているのに気が付いて、慌てて深呼吸をした。

やがて階段は終わり、大きな扉の前にたどり着く。

「この先だ、準備はいいかい?」

「……はい、お父様」

オルタンシアが返事をすると、父はにやりと笑って扉を開いた。

扉の先は、さほど大きくもない空間だった。

窓も家具もない部屋の中央に、ぽつんと一枚の扉が鎮座している。

目をみはるような美しい紋様の彫られた、どこか神秘的な雰囲気を漂わせた扉だ。

おそらくこれが、精霊界へと繋がる『扉』なのだろう。

ごくりと息をのむオルタンシアの背を、父はそっと押した。

「さぁオルタンシア、昨日渡した鍵で扉を開いてごらん。……大丈夫、怖がることはない。君ならばうまくやれるだろう」

（私は生き延びるため……それに、お兄様のためにも強くなるって決めたんだから！）

逃げ出したくなるのをなんとか堪え、オルタンシアは震える手で鍵穴に鍵を差し込んだ。

ゆっくりと錠のまわる音が聞こえ、ひとりでに扉が開く。

「わぁ……！」

扉の向こうには、一面が銀雪に覆われた雪景色が広がっていた。

（これが、精霊界……）

一瞬尻込みしかけたが、勇気を振り絞りオルタンシアは一歩扉の向こうへと足を踏み出す。

そして完全に大地を踏みしめた途端――。

「あっ……！」

ひとりでに扉が閉まり、まるで空気に溶けるように消えてしまったのだ。

一面の銀世界に囲まれ、オルタンシアは焦《あせ》った。

（ど、どうしよう……！　扉が消えちゃったらどうやって帰ればいいの⁉）

てっきりうまくいってもいかなくても、来たときと同じように扉をくぐって帰ればいいと思っていたのだが、どうも違うようだ。

（どうしよう、二度と帰れなくなっちゃったら……！）

さっそくテンパるオルタンシアの耳に、不意に優しい声が届く。

『どうしたの？』

「えっ⁉」

まさか自分以外にも誰かいたのだろうか。

慌てて振り返り、オルタンシアは首をかしげた。

「あれ？」

背後には誰もいない。どうやら聞き間違いだったようだ。

「そうだよね。こんなところに誰かいるわけ――」

『ねえってば。聞いてる⁉』

「わわっ！」

更に畳みかけられ、オルタンシアは混乱した。

声の主を探そうと視線を彷徨わせると……。

「あれ？」

オルタンシアの足元で小さな鳥が何かを主張するように、ぴょんぴょんと跳ねている。

「………いや、まさか――」

『ちょっと！　聞こえてるんでしょ！　無視なんていい度胸じゃない！』

「はひっ！」

にわかには信じがたいが、どうやらこの声の主は目の前の小鳥であるらしい。

オルタンシアは慌てて小鳥の話をよく聞こうとしゃがみ込んだ。

その態度に満足したのか、小鳥はオルタンシアに近寄ってくる。

『人間が来るなんていつぶりかしら。あなた、どこから来たの？』

「えっと……ヴェリテ公爵家の地下室からです」

『ヴェリテ家！　懐かしい名前だわ……』

小鳥はぱたぱたと翼をはためかせ飛翔《ひしょう》すると、ちょこんとオルタンシアの肩に乗った。

『私もずっと昔に、ヴェリテ家の子とともに過ごしたことがあるわ』

「えっ、本当ですか⁉」

『ええ、本当よ。彼女が息を引き取るその日まで、あの子を守り尽くしたの……』

小鳥は多くを語らなかった。

だがその昔を懐かしむような優しい目からは、かつてのヴェリテ家の人間への深い愛情が伝わってくるようだった。

『ヴェリテ家の子どもがここに来るってことは……わかったわ。契約する精霊を探してるんでしょ』

「はっ、はい！」

『ふぅん、そういうことねぇ……』

小鳥は品定めでもするかのようにぱたぱたとオルタンシアのまわりを飛び回った。

かと思うと、再びオルタンシアの肩に着地し、ある方向を翼で指し示す。

『ちょうど活《い》きのいい子がいるのよ。あの子もずっとここにいても退屈でしょうし、紹介してあげるわ』

「ありがとうございます……！」

うまい具合に話が進んで、オルタンシアはほっとした。

このままうまくその精霊と契約できればいいのだが……そう考えたとき、すっと背筋に冷たいものが走った。

（でも、私はヴェリテ公爵家の血を引いていないのかもしれない）

この鳥がここまで親切にしてくれるのは、オルタンシアを「ヴェリテ公爵家の人間」だと思っているからだ。

だが実際のオルタンシアは、父と血が繋がっているかどうか定かではない。

手続き上は「公爵令嬢」として扱われているが、精霊たちにとって重要なのはそこではないだろう。

（私がヴェリテ公爵家の人間じゃないってばれたら、失望されるかもしれない……）

だったら、今ここで素性を明かしておくべきだ。

だが嬉《うれ》しそうにさえずる小鳥を見ていると、とてもそんなことは言えなくなってしまった。

（はぁ、私のいくじなし……）

自分の不甲斐なさに呆《あき》れながらも、オルタンシアはゆっくりと足を進めた。


やがてたどり着いたのは、まるで遺跡のような石柱が連なる場所だった。

その中央には、息をのむほど美しい翼を持つ白い豹《ひょう》が静かに身を横たえていた。

（図鑑で見たユキヒョウみたい……）

オルタンシアは自分の状況も忘れ、美しいユキヒョウに目を奪われてしまう。

オルタンシアの足音に気が付いたのか、ユキヒョウは静かに頭をもたげた。

『おや、これはこれは……珍しいお客様ですね』

のそりと起き上がったユキヒョウが、ゆっくりオルタンシアの方へと近づいてくる。

その美しさと威圧感に圧《お》され、オルタンシアは慌ててその場で礼をした。

「初めまして！　オルタンシアと申します……！」

頭を下げるオルタンシアに呼応するように、小鳥がオルタンシアの肩から飛び上がり、ユキヒョウの前へと舞い降りる。

『この子、ヴェリテ公爵家の子なの。契約する精霊を探してるって話だし、あのやんちゃな坊やはどうかしら？』

『まぁ、それはそれは……』

小鳥の話を聞いたユキヒョウは、天を仰《あお》ぎ何かを呼ぶように高く鳴いた。

ほどなくして――。

『なになに？　大事なお話？』

雪原の向こうから小さな影が駆けてくる。

近づくにつれその姿があらわになっていき、オルタンシアは思わず目を輝かせた。

（かっ、かわいい……！）

やってきたのは、まるで子犬のように小さなユキヒョウの子どもだった。

ふわふわの毛並みに、くりんと愛らしい瞳。

ちょこんと生《は》えた牙に、小さなパンのように愛くるしい前足。

一目でオルタンシアは目の前の小さなユキヒョウに心を奪われてしまった。

『だれ？　見たことない人間だ』

足元までやってきたユキヒョウの子どもが、まじまじとつぶらな瞳でこちらを見上げている。

「あっ、私はヴェリテ公爵家のオルタンシアと申します」

『オルタ、シー……？』

どうやら小さなこの子には少々難しい発音だったのかもしれない。

オルタンシアはくすりと笑って、そっと視線を合わせるように屈《かが》みこんだ。

「シアでいいよ。前はそう呼ばれていたの」

『そっか。よろしくな、シア！』

ユキヒョウの子どもが上機嫌で前足を持ち上げる。

オルタンシアがそっと指先を重ね合わせると、ふに……と柔らかな肉球の感触が伝わってきた。

「ふへへへ……」

『ところでオルタンシア』

「はっ、はい！」

にやにやしているとユキヒョウの親に声をかけられ、オルタンシアは慌ててそちらに向き直った。

『まだ、あなたがどうして精霊を求めるのかを聞いていませんでしたね』

ユキヒョウの澄んだ青の瞳がじっとこちらを見つめている。

まるで心の奥を見透かされているような気がして、オルタンシアはごくりと唾を飲んだ。

「……少し前に、私は危険な目に遭いました。もう少しで死ぬところだったし、他の人が殺されていくのを止められませんでした」

記憶の奥に封じ込めていた凄惨な光景が、悲痛な絶叫が蘇《よみがえ》る。

……もう二度と、あんなのはごめんだ。

「だから、強くなりたいんです。もう二度とあんな目に遭わないためにも、次は誰かを……大切な人を守れるように」

その言葉に、最初に反応したのはユキヒョウの子どもだった。

『心配するな、シア！』

ぴょん、と飛びかかってきたユキヒョウを、慌ててオルタンシアは抱き留める。

ユキヒョウの子どもは顔を近づけると、オルタンシアの頬をぺろりと舐《な》めた。


『僕がお前を守ってやる。お前の大切な奴もな！』

「えっ、そんなに安請け合いしちゃって大丈夫なんですか⁉　もしも私が悪者だったらどうするんですか⁉」

あまりの即決っぷりに、一瞬場の状況も忘れオルタンシアはユキヒョウの子どもを心配してしまった。もしもオルタンシアが悪者——例えば密猟人だったらどうするつもりなのだろう。

うっかりついてきたが最後、気が付いたら毛皮になっているかもしれないというのに！

だがそんなオルタンシアに、ユキヒョウの親はくすりと笑う。

『悪《あ》しき者はここへは来られません。我々は代々信頼できる者に鍵を託し、その者の許しを得た者以外はここに足を踏み入れることすら叶《かな》いませんので』

「でも……」

真実を告げるかどうか、オルタンシアは迷った。

だがきらきらと輝く瞳でこちらを見つめるユキヒョウの子どもを見ていると、黙っていることなどできなかった。

「私……本当は、ヴェリテ公爵家の血筋かどうかわからないんです!!」

彼らがここまでオルタンシアを受け入れてくれるのは、オルタンシアがヴェリテ公爵家の人間だと思っているからだ。

だがそうでないとわかったら、手のひらを返し冷遇されるかもしれない。

（……ううん。たとえそうなったとしても、嘘《うそ》をつき続けるよりはずっとマシだよ）

ぷるぷると小刻みに震えるオルタンシアを眺《なが》め、ユキヒョウの親はすっと目を細めたかと思うと……そっと口を開いた。

『構いませんよ、オルタンシア。我々は信頼の置ける者に鍵を託し、その者があなたをここに寄越した。それだけで、信頼に値するのは確かです』

のっそりと起き上がったユキヒョウの親が、そっとオルタンシアへと近づいてくる。

そして、オルタンシアの腕に抱かれたユキヒョウの子どもへそっと頬を摺《す》り寄せた。

『どうか、この子――チロルをよろしくお願いいたします。やんちゃですが、根は優しい子です。きっと、あなたの良き友となるでしょう』

オルタンシアは再び、チロルと呼ばれたユキヒョウの子と視線を合わせた。

チロルは安心させるようにオルタンシアの頬に鼻先を擂り寄せた。

「ふふ、よろしくね。チロル」

『任せろ、シア！』

じゃれあう一人と一匹を見て、オルタンシアをここへ導いた小鳥がゆっくりと飛び上がった。

『そうと決まったらほら行った行った！　ここでちんたらしてたら、あっという間に人間の世界では百年とか経《た》ってるわよ！』

「えぇっ⁉　それはマズいです！」

『帰り道は作ってあげるから、寄り道せずに帰るのよ』

小鳥が円を描くように飛ぶ。するとその内側に、来たときと同じように扉が現れた。

ただ扉の向こうは深い霧に包まれており、どこへ繋がっているのかはわからない。

『まっすぐ進めば来たところに戻れるわ。うっかり道を外さないように気を付けるのよ』

「はい、何から何までありがとうございます」

オルタンシアが頭を下げると、小鳥は満足げに羽を膨《ふく》らませた。

『ふん、ヴェリテ家の人間にしては珍しく素直ね。もうちょっと小賢《こざか》しく生きた方がいいわよ』

「あはは……」

小鳥とユキヒョウの親に頭を下げて、オルタンシアはチロルを抱いたまま扉の中へと足を踏み入れた。

「わぁ、何も見えない……」

一寸先も見えない霧の中を、おそるおそる一歩ずつ進んでいく。

このまま進めばヴェリテ公爵家に着くはずだが、いったいどのくらい歩けば……。

『おっ、あそこに何かあるぞ！』

「チロル、待って！」

だがそのとき、急にチロルがオルタンシアの腕を抜け出していずこかへと走り出してしまった。

ユキヒョウの親にチロルを託されてから、まだ五分も経ってない。

ここで彼が行方《ゆくえ》不明になったら、精霊たちは大激怒だろう。代々彼らと懇意《こんい》にしてきたであろうヴェリテ家の名に泥を塗ってしまう。

一瞬で真っ青《まさお》になったオルタンシアは、慌ててチロルを追いかけた。

霧の中に見え隠れするチロルの尻尾《しっぽ》を追って、オルタンシアは必死に走った。

もはや自分がどの方向から来て、どちらへ向かっていたのかすらもわからない。

とにかくここでチロルを見失ってしまうことがなによりも恐ろしかった。

だが、不意に悲鳴とともにチロルの姿が搔《か》き消《き》えてしまう。

『うわっ⁉』

「チロル⁉　どうし――きゃあ！」

慌ててオルタンシアはもう一歩足を踏み出したが、なぜか踏みしめるべき地面が消えていた。

当然、オルタンシアの体は重力に引かれて……下へ下へと真っ逆さまだ。

（ぎゃあぁぁぁ！　どうなってるの⁉）

深い霧の中をオルタンシアは落ちていく。

そして、急に周囲が明るくなったかと思うと――。

「ぎゃん！」

お尻に衝撃を感じて、オルタンシアは踏まれた猫のような悲鳴をあげてしまった。

長い距離を落ちたような気がするが、幸いにも体が潰れてぐちゃぐちゃになるようなことはなかった。

自分が生きていることを確認したオルタンシアは、慌てて周囲を見回す。

「チロル⁉」

幸いにも、オルタンシアのすぐ傍《そば》でチロルは仰向《あおむ》けに倒れていた。

抱き起こすと、チロルは喉をグルグル鳴らしてオルタンシアにすり寄ってくる。

『頭がぐるぐるするんだぞ……』

「私もよ。でも無事でよかった……。よかった、けど――」

チロルのふわふわの体を抱きしめて、ようやく気持ちも落ち着いてきた。

だがあらためて周囲を見回し、オルタンシアは途方に暮れてしまう。

「ここ、どこ……？」

オルタンシアとチロルが落っこちてきたのは、まったく知らない場所だったのだ。

森の中……のようにも見えるが、よく見れば木々の向こうに何か建物らしきものも見える。

（あそこに行けば、何かわかるかな……）

オルタンシアがそう考え、チロルを抱いたまま立ち上がったときだった。

「誰かいるの？」

急に背後から声が聞こえ、オルタンシアはびくりと身をすくませる。

おそるおそる振り返ると、そこにいたのは――。

「君は誰？　ここで何をしてるの？」

オルタンシアと同じくらいの年頃の、整った身なりの少年が、目を丸くしてこちらを見つめていたのだ。

第6章　予期せぬ邂逅《かいこう》

目の前の少年は、興味津々といった表情でオルタンシアを眺《なが》めていた。

「えっと……」

とりあえず人間に会えたということは、オルタンシアはもとの世界に戻ってこられたようだ。

だが、ここはいったいどこなのだろう。

（もしかして誰かの私有地？　目の前の子もけっこういいとこの子っぽい感じだし、どこかの貴族の屋敷《やしき》だったらまずくない……⁉）

万が一ヴェリテ公爵家と対立している貴族の屋敷にでも転がり落ちてしまったとしたら、大変なことになってしまう。

ヴェリテ公爵家は四大公爵家の一つであり、国内でも有数の名家だ。だがそれ故に敵も多い。オルタンシアの不法侵入を理由にヴェリテ公爵家が難癖をつけられたり、最悪人質にされてしまう可能性もある。

（なんとかして、ここから出ないと……！）

オルタンシアはおそるおそる目の前の少年を見つめた。

装飾や生地《きじ》の具合を見ても、即座に一級品とわかる衣服を身に着けている。

彼は一人のようで、近くにお付きの者の姿は見えない。

（私と同じくらいの年の子だし、うまく言いくるめてここから逃げ出すことができれば……）

オルタンシアはとりあえず相手を警戒させないように、にっこりと笑ってみせた。

「こんにちは、驚かせてしまってごめんなさい。お散歩していたらここに迷い込んでしまったみたいなの。よければ出口を教えてもらえないかな？」

おそるおそるそう口にすると、目の前の少年は目を輝かせた。

「いいけど……その前に僕と遊んでよ！」

少年は無邪気な笑みを浮かべてこちらへ手を差し伸べた。

（うっ、できれば早くここから出たいんだけど……）

しかしここで断ってこの少年が騒ぎ始めては困るし、オルタンシア一人で出口を探すのも骨が折れそうだ。

（少しだけ遊んで、この子が満足すれば……）

オルタンシアが手を取ると、少年は嬉《うれ》しそうに笑った。

「こっちに僕の秘密の場所があるんだ！　特別に教えてあげる！」

少年はオルタンシアの手を引っ張って走り始める。

オルタンシアは転ばないように走りながらも、目の前の少年の無邪気な笑顔に頬を緩ませた。

（なるほど、本物の子どもってこんな感じなのね。参考にさせてもらおう）

大人たちの前で「愛らしい七歳の少女」のふりをするのに役立ちそうだ。

そんな含みを持ちながら、オルタンシアはこっそりと目の前の少年を観察するのだった。

「僕はヴィクトル。君は？」

「えっと……シア。シアっていうの」

本名がバレてしまっては後で困ると思い、オルタンシアは愛称だけを名乗っておくことにした。

「シアはどこから来たの？」

「それは……遠い、ところかな？　お散歩しているうちに知らない場所に来ちゃって」

「それは大変だったね！　僕もたまに迷うことがあるよ。似たような廊下ばかりだと区別がつかなくて……」

ちょっと言い訳が苦しいかな……と思ったが、ヴィクトルは深く突っ込むこともなく話を続けている。

彼の警戒心のなさに、オルタンシアは内心でほっと安堵《あんど》のため息をついた。

「それより、シアは珍しい猫を飼ってるんだね」

『おい！　僕は猫じゃな――』

「そ、そうでしょ！　とっても可愛《かわい》いのよ！」

オルタンシアが抱いているチロルを見て、ヴィクトルは猫だと勘違いしたようだ。

猫扱いされたのが不満だったのか、チロルがわぁわぁと騒ぎかけてしまった。

慌ててその口をふさぎ、オルタンシアは誤魔化すように笑う。

（まずいまずい。精霊を連れてたなんて知られたら、それこそ私の正体がばれちゃうじゃない！）

ここは猫だと誤解させたままで行こう。そう決意したオルタンシアは、不満げな声を漏《も》らすチロルの口をふさいだままひきつった笑みを浮かべるのだった。

「ほら、ここが僕の秘密基地！」

木立の中を進みたどり着いたのは、オルタンシアが三人手を繋《つな》いでも囲めなさそうな、太い幹の大樹だった。

ヴィクトルが周囲に生《は》えた背の高い草をかき分けると、大きなうろがあらわになる。

「わぁ……」

「本当は僕だけの秘密の場所なんだけど、特別にシアに教えてあげる！」

ヴィクトルが這《は》うようにして秘密基地の中へ入っていく。

ドレスの裾《すそ》を汚してしまうことを気にしながらも、オルタンシアはその後に続いた。

「ここにいるとね、気分が落ち着くんだ。聞こえてくるのは森の音だけで、誰も僕を怒ったり急《せ》かしたりしないから」

「ヴィクトル……」

子どもらしからぬ愁《うれ》いを帯びた表情でそう口にするヴィクトルに、オルタンシアはなんて声をかければいいのかわからなくなってしまった。

（ヴィクトルも大変なのね。やっぱりけっこうな名のある貴族の子どもなのかな。あれ、そういえばヴィクトルって名前、前にどこかで聞いたような……）

さして珍しい名前でもないし、きっと別人のことだろう。そう自分を納得させたオルタンシアは、そっと息を吐いた。

（私も昔は、アナベルの叱責が嫌で嫌で仕方なかったっけ。ヴィクトルみたいに秘密基地は持ってなかったから、普通に自室で落ち込んでたけど……）

だが、アナベルがオルタンシアに厳しく接するのは、自らに課せられた責務と、オルタンシアへの期待ゆえの行動だったのだ。

きっとヴィクトルのまわりにいる者たちも、彼に期待をかけているからそうするのだろう。

「あのね……ヴィクトル。ヴィクトルに厳しくする人たちはいるだろうけど、きっとその人たちも、ヴィクトルのことが大好きだからそうするんだと思う」

そう口にすると、ヴィクトルは納得できないとでもいうように頬を膨《ふく》らませた。

「そんなのおかしいじゃないか！　僕のことが好きなら、もっと優しくしてくれてもいいのに……」

「きっとヴィクトルが大事なときに恥をかかないように、わざと厳しくしているんだよ。それは、本当にヴィクトルのことが好きだからそうしているんだと思う」

口に出してしまってから、オルタンシアは少し後悔した。

（いや、七歳の子にこんなこと言ってもわかんないよね！　はぁ、失敗した……）

だがしかし、ヴィクトルはオルタンシアの言葉を聞いた途端、目を丸くしたのだ。

「そうか……そういう考え方もあるんだ……。シアは頭がいいんだね」

「そ、そんなことないよ……！　私も、同じような経験があるだけ。すっごく厳しいと思ってた人が、本当は優しい人だってわかったりね」

「ふぅん……僕と、同じだね」

そう言うと、ヴィクトルは嬉しそうに笑った。

つられるようにして、オルタンシアも微笑《ほほえ》む。

ヴィクトルはごそごそと木のうろの奥の方をさぐっていたかと思うと、きらきらと輝かせて一冊の本を掲《かか》げた。

「見て、僕の秘密の宝物！　特別にシアにだけ見せてあげる！」

彼が見せてくれたのは、異国のものと思わしき言語で書かれた絵物語だった。

（装丁に金箔《きんぱく》が使われてる……ものすごい価値のある本じゃない⁉）

たかが本一冊といえども、庶民の給料何ヵ月分の値が付くことか……。

果たして目の前の少年はこの本の価値を理解しているのだろうか。

（ここに隠してあるのを見ると、気にしてないんだろうな……）

だがそんなところが微笑ましくもある。

ヴィクトルが本を開いて見せてくれたので、オルタンシアも視線を走らせた。

色鮮やかな挿絵が描かれ、文字にも緻密で美しい装飾が施されている。

（装飾写本かぁ。貴族の家なら珍しくもないけど……まさかこんな遊び道具みたいになってるとは、はじめて見た！）

ほっこりした気分で見守るオルタンシアに、ヴィクトルは一つ一つの絵を指して解説してくれる。

「何が書いてあるのかはわからないけど……この動物とかすっごく強そうで好きなんだ！」

「これは……コカトリスかな？」

「シア、知ってるの⁉」

ヴィクトルが勢いよく食いついてきたので、オルタンシアは少し驚きながらも頷《うなず》いた。

「前に読んだ本に載ってたの。すごく強い精霊なんだって」

「うわぁ……シアは物知りなんだね！」

（そりゃあ……読書と刺繍《ししゅう》くらいしかすることのない引きこもりでしたからね！）

地味すぎる前世の生活を思い出し、オルタンシアは生温かい気分になった。

だがそれとは対照的に、ヴィクトルは嬉しそうに顔を輝かせている。

「もっといろいろ教えてよ！　こっちのは？」

「えっと……」

しどろもどろになりつつも、オルタンシアはヴィクトルの疑問に答えていく。

どうやらこの装飾写本は、稀少《きしょう》な精霊などについて解説しているようだった。

そうこうしているうちに、やがて遠くから何人か大人の声が聞こえてくる。

「――、いらっしゃいますか？」

「帝王学の教本が置いてある。このあたりにいらっしゃるのだろう」

「早く出てきてくださーい」

その声を聞いた途端、ヴィクトルは「うげっ」と嫌そうな顔をした。

「もう見つかったか……」

おそらくは、彼の家の者が探しに来たのだろう。

オルタンシアも焦《あせ》って、きょろきょろと周囲を見回す。

（ここで見つかったら絶対不審者だよね……！）

子どもだからと言って見逃してもらえるとは思えない。

ヴィクトルの家の者に捕まり、素性が知られれば……それこそ大問題だ。

「どうしよう……」

焦りに焦って、ぎゅっと腕の中のチロルを抱きしめたときだった。

『シア！　この奥に時空の裂け目ができてる！』

手足をばたばたさせながら、チロルがそう叫んだのだ。

「えっ⁉」

『どこに繋がってるかはわからないけど、別の場所に行けそうだぞ！』

「それ本当⁉」

また変なところに繋がってしまうかもしれない。

だが、ここで捕まるよりはましだろう。

「ごめんヴィクトル。私行かなくちゃ」

「え、シア⁉」

「遊んでくれてありがとう。楽しかったよ！」

それだけ言うと、オルタンシアは四《よ》つん這《ば》いになってうろの奥へと這っていく。

「シア、待って！」

ヴィクトルが慌てて引き止めようとした途端、うろの入り口の方から別の声が聞こえた。

「見つけましたよ、王子」

（え、王子⁉）

そんな馬鹿な……と、オルタンシアが驚いたそのときだった。

奥へ奥へと伸ばした手が空を掻《か》いたかと思うと、オルタンシアの体は頭から中空に投げ出されていたのだ。

（ひゃあぁぁぁぁ⁉）

チロルを抱っこしたまま、オルタンシアは真っ暗な空間をゆっくりと下へ下へと落ちていく。

やがて、真っ暗な中にちかちかと様々な色の星のような点滅が見えた。

「きれい……」

そうこうしているうちに……ふわりと風に支えられるように、オルタンシアは足の先から地面に降り立つことができた。

「はぁ、よかった……でも、ここはどこなの……？」

オルタンシアが降り立ったのは、花畑のような場所だった。

周囲は真夜中のように暗く、わずかな星明かりと足元で咲く見たことのない花だけがぼんやりと光を放っている。

頭上を見上げたが、もうヴィクトルの秘密の隠れ家は見えず彼の声も聞こえなかった。

「チロル、どっちに行けばいいかわかる？」

『う～ん……わかんないぞ』

地面に降り立ったチロルはあちこちをうろうろとしていたが、やがて困った顔をしながらオルタンシアのもとへと戻ってきた。

不安を押し殺すようにチロルを撫《な》でながら、オルタンシアは嘆息した。

「……とりあえず、歩いてみよっか」

ずっとここにいても、状況が好転することはなさそうだ。

歩き続ければ、またどこかへ繋がる扉が見つかるかもしれない。

そう信じ、オルタンシアは歩き出した。

◇◇◇

……いったいどのくらいの時間が過ぎたのだろう。

この空間に昼夜の概念はないようで、頭上の天蓋はここに来たときと同じく宵闇色のままだ。

「……チロル、ちょっと休憩しよっか」

『そうだな！』

不安を表に出さないようにわざと明るい声を出し、オルタンシアはチロルを抱いてその場に腰を下ろした。

（……体感的には数時間経《た》ったと思うんだけど……駄目だ、わかんない）

どれだけ歩いても不思議と疲れることがないのだが、それが逆に時間の感覚を曖昧にさせる。

数時間経ったのか、それとも数分も経っていないのか。

もしかしたら同じところをぐるぐると回っているだけではないのか。

そんな疑心暗鬼にかられ、オルタンシアはチロルを仰向《あおむ》けにしてお腹《なか》に顔を埋めた。

そのますーはーと息を吸うと気力が戻ってくる。

（きっと大丈夫。絶対に出口は見つかるはず……！）

チロルが一緒で良かった。オルタンシア一人だったら、絶望して一歩も前に進めなかったかもしれない。

「……ヴェリテ家のお屋敷に着いたら、みんなにチロルを紹介するね。おいしいものも食べられるよ」

少しでも楽しいことを考えようと、オルタンシアはチロルの肉球をふにふにしながらそう語りかけた。

『みんな？　みんなって誰だ？　シアの群れの奴《やつ》か？』

ちょこんと首をかしげるチロルに、オルタンシアは思わず笑ってしまった。

「群れって言うか……家族？　あとは使用人――お屋敷で働いてくれている人たちかな」

公爵邸の者たちの顔が頭をよぎる。特に強く思い出したのは……義兄ジェラールのことだ。

あの凍り付くような視線すら、今は懐かしく思える。

「お兄様に、会いたいな……」

そう口に出した途端、彼方《かなた》からすっと光の筋が現れた。

「えっ⁉」

青く輝く光の筋は、一直線にオルタンシアの足元まで伸びてくる。

ゴロゴロと喉を鳴らしていたチロルも、慌てたように飛び上がった。

『なんだこれ！』

「わからないけど……もしかしたら、どこかへ繋がってるのかな?」

その光の筋は、オルタンシアには救いの糸のように感じられた。

「チロル、行こう!」

『おう!』

オルタンシアとチロルは、青い光の筋を辿《たど》るように走り出した。

不思議なことに、息は切れず足も疲れずどこまでも走ることができる。

後ろを振り返ることもせず、オルタンシアとチロルはひたすらに走り続けた。

やがて、暗闇の中にぽつんと一枚、大きな扉が立っているのが視界に入ってくる。

その光景を目にして、オルタンシアはひゅっと息をのんだ。

「そんな、まさか……」

暗闇にぼぅっと浮かび上がるように鎮座しているのは、公爵邸の玄関の大扉だったのだ。

『でっかい扉だな~』

「うん、本当に大きすぎるよね」

いつもは使用人に開けてもらうため、滅多に触れることのないその扉にオルタンシアは手を伸ばした。

(大丈夫、この先はきっと……!)

温かい場所に、繋がっているはずだから。

そう信じ、背伸びしたオルタンシアは全身の力を籠《こ》め、扉の取っ手を押した。

ゆっくりと扉が開き、扉の中から眩《まばゆ》いほどの光が溢《あふ》れ出《だ》している。

目がくらみ、とっさにオルタンシアは目を瞑《つむ》って――。

「あれ？」

次に目を開けたとき、オルタンシアは素《す》っ頓狂《とんきょう》な声をあげてしまった。

「ここ……公爵邸だよね⁉」

オルタンシアの目に映るのは、見慣れない部屋だった。

だが建物の造りや空気感は、オルタンシアのよく知る公爵邸そのものだ。

（考えてみれば、まだまだ私の知らない部屋もたくさんあるんだよね……）

きょろきょろとあたりを見回し……オルタンシアは嫌な予感を覚えた。

（もしかしなくてもここ……誰かの私室⁉）

この空間は、以前目にしたパメラの部屋とは比べ物にならないほど広く調度品も豪奢《ごうしゃ》だ。

全体的にシックで落ち着いた雰囲気。おそらくは邸でもそれなりに地位のある男性の部屋だろう。

（えっ、誰だろう。とにかく見つかったら気まずいしここから出ないと……）

不可抗力とはいえ、他人の私室に侵入していると知られるのは避けたい。

物珍しそうにあちこちを嗅ぎまわるチロルを抱え、オルタンシアは静かに部屋を出ようとした。

だがそのとき、今まさにオルタンシアが触れようとしたドアノブがひとりでに回ったのだ。

「え」

身構える暇もなく、静かに扉が開く。

果たしてその向こうにいたのは、オルタンシアの記憶通りの姿をしたジェラールだった。

「お、お兄様……」

(まさかここ、お兄様の私室ですか⁉)

なんと声をかけていいのかわからず、オルタンシアは固まってしまう。

精霊チロルを連れて帰ってきたことを報告するべきか、部屋の中に入ってしまったことを弁解するべきか。

考えがまとまらず、「えっと、あの……」と繰り返しているうちに、ぬっとジェラールの腕がこちらへ伸びてくる。

勝手に部屋に入ったことを怒られるかと、オルタンシアはぎゅっと目を瞑ったが――。

「え……?」

ジェラールは何も言わず、強くオルタンシアを抱きしめたのだ。

「……よく、帰ってきた」

感情を押し殺したような声で、ジェラールはそう囁《ささや》く。

たったそれだけで……彼が本当にオルタンシアの帰還を喜んでくれているのがわかった。

じわりと目の奥が熱くなり、オルタンシアは万感の思いを込めて口を開いた。

「ただいま、お兄様」

数秒の間、ジェラールは何も言わずに屈《かが》んだままオルタンシアを抱きしめていた。

オルタンシアも心地よい気分で目を閉じ、彼に体を預けていたが……不意に腕の中のチロルが我慢できないとでもいうようにもぞもぞと動き出す。

『いい加減に苦しいんだぞ！』

「わわっ、ごめんね！」

慌ててチロルを救出すると、ジェラールは珍しく驚いたように目を丸くして、まじまじとチロルを見つめていた。

「……変わった猫だな」

『おいっ、僕は猫じゃないぞ！』

フシャーッとジェラールを威嚇《いかく》するチロルを、オルタンシアは慌てて宥《なだ》めた。

「そ、そうだよね！　チロルは立派なユキヒョウの精霊だもんね……！　お兄様、この子はチロルと言って、私についてきてくれることになった精霊なんです」

「……そうか。なんにせよ、お前が戻ってきたことを父上に報告する必要があるだろう」

「はいっ！」

立ち上がり父のもとへ向かうジェラールの後ろを、オルタンシアはカルガモの雛《ひな》のように追いかけた。

彼がオルタンシアの帰りを喜んでくれた。それは、オルタンシアにとってはなによりも嬉しいことだったのだ。

◇◇◇

オルタンシアが精霊界に向かってから再び公爵邸に戻ってくるまで、体感的には半日ほどだった。だが驚くことに、現実では一週間が経過していたのだという。

「よく戻ってきてくれたね、オルタンシア。その精霊は………なかなか可愛いじゃないか。しっかり世話をするんだよ」

父はオルタンシアの帰りを喜び、オルタンシアの腕に抱かれたチロルを見ると少しだけ困ったように笑った。

(確かに、強くなりたいって精霊界に向かったけど……どうみてもチロルは強そうには見えないもんね……)

父に顎の下をくすぐられ、ゴロゴロと気持ちよさそうに鳴くチロルに、オルタンシアは苦笑した。

それでも、オルタンシアは満足していた。既にチロルは、オルタンシアにとってなくてはならない小さな友人となっていたのだ。

「さぁ、今日はオルタンシアの帰りを盛大に祝おうじゃないか！」

そんな父の号令に、控えていた使用人たちがいっせいに動き出した。

ヴェリテ公爵邸での食事はいつも豪勢だが、オルタンシアの帰還祝いと称された今宵《こよい》の晩餐《ばんさん》は……いつも以上に手が込んでいた。

次から次へと運ばれてくる皿に目を回していると、足元にいたチロルがちょんちょんとオルタンシアの足先を突っつく。

『シア、僕も食べたいんだぞ！』

「あっ、ごめんね！　えっと……この子の分も用意してもらえますか？」

控えていた使用人にそう頼むと、すぐにチロル用の皿が運ばれてくる。

がつがつと食らいつくチロルを微笑ましい気分で眺めていると、オルタンシアはふと違和感を覚えた。

（あれ、あの人……）

オルタンシアの向かいに座るジェラールの背後に……見慣れない者が一人。

理知的な雰囲気の、若い男性だった。

この場にいるということは、新しい使用人なのだろうか。

ちらちらと彼に視線をやっていると、その動きに気づいたのか父が教えてくれる。

「あぁ、オルタンシアは初対面だったね。彼は新しくうちで働くことになった使用人だ」

父の言葉を受けて、件《くだん》の使用人が優雅に礼をする。

「お初にお目にかかります、オルタンシアお嬢様。新しく公爵家にお仕《つか》えすることになりました、リュシアンと申します」

彼が頭を下げると、首の後ろで結わえた髪がさらりと肩を滑《すべ》り落《お》ちた。

艶《つや》のある黒髪に、思わず目を奪われてしまうような整った顔立ち。金色の上品な片眼鏡に、その奥で揺れる藍色の知性を感じさせる瞳。

(すごい、魔性の男って感じ……!)

オルタンシアが彼に抱いた第一印象はそんなものだった。

部屋の隅に控えるメイドたちも、どこか熱っぽい視線を彼に注《そそ》いでいる。

(うわぁ、トラブルにならないといいけど……)

そんな心配を胸の内に押し殺し、オルタンシアは彼に微笑みかけた。

「よろしくね、リュシアン」

「リュシアンには主にジェラールの補佐をしてもらうことになっている。といっても、何か困ったことがあったら彼を頼ってもらって構わないよ」

そんな父の言葉に呼応するように、リュシアンはオルタンシアに甘い笑顔を向けた。

「何かございましたらいつでもお申し付けください、お嬢様」

「う、うん……ありがとう」

「愛らしいお嬢様がお望みとあらば、いつでも馳《は》せ参《さん》じましょう」

どこか悪戯《いたずら》めいた表情でそんなことをのたまうリュシアンに、オルタンシアは呆《あき》れてしまった。

（これ絶対、知り合う女の子全員に同じこと言ってる奴だ……！）

一瞬にして、リュシアンはオルタンシアの「信用できない者リスト」のトップに躍り出た。

呆れたように笑うオルタンシアに、なおもリュシアンは続ける。

「それにしても、オルタンシアお嬢様はまさにヴェリテ家の至宝とも呼ぶべき愛らしい御方ですね。数年もすればさぞや多くの殿方《とのがた》が求婚を――」

「控えろ、リュシアン」

いつまでも続くかと思われたリュシアンのお世辞は、冷たい空気をまとうジェラールの一言で断ち切られた。

ジェラールはいつもの絶対零度の瞳で、リュシアンを睨《にら》みつけている。

だがリュシアンは怯《おび》えることもなく、おどけたように礼をしてみせた。

「おっとこれは失礼いたしました。妹思いのジェラール様には、お嬢様のご結婚の話は不愉快なようで」

（……よくお兄様に殺されないな、この人）

どこまでもマイペースなリュシアンに、オルタンシアは呆れるべきか感心するべきか迷うほど

だった。

まぁでも、あのジェラールの下につく人物ならこのくらいの肝《きも》の太さは必要なのかもしれない。

不機嫌そうなオーラをまとうジェラールから目を外し、オルタンシアはぱくりと料理を口に運ぶ。

（はぁ、相変わらずおいしい……。さすがは国内有数の公爵家……あっ）

そのとき、オルタンシアは、はっと大変なことを思い出した。

（そういえば、ヴィクトルのところから落ちる直前に、「王子」って聞こえたような……）

そう気づいた瞬間、オルタンシアは真っ青《まっさお》になった。

（そうだ。どうして気づかなかったんだろう……！）

一度は婚約者候補として王城に上がった経験すらあるのに、なんとオルタンシアは自国の王子の名前をすっかり忘れていたのだ！

一度目の人生で出会った青年期の落ち着いた「王太子ヴィクトル」と、やんちゃな子どものような「ヴィクトル」があまりにかけ離れていたせいかもしれない。

だが考えれば考えるほど、名前、外見の特徴……何もかもが一致する。

（そうなると、私が出会ったあのヴィクトルは……まさかヴィクトル王太子の子ども時代⁉）

思わずごほごほとむせてしまい、父から心配そうに声をかけられ……オルタンシアは「大丈夫」とでもいうようにふるふると首を横に振った。

（いやいやいやそんな馬鹿な……なんでよりにもよって王城に出ちゃったの私！）

ヴィクトル本人に恨みがあるわけではないのだが、もとはと言えばオルタンシアが処刑される原因となったのが彼の妃《きさき》の選考会なのである。

オルタンシアとしては、トップクラスに近づきたくない人物であるのは間違いない。

（よし、もう絶対近づかないようにしよう……）

スプーンを手にしたまま百面相を浮かべるオルタンシアに、周囲の者は不思議そうに首をひねるのだった。

ヴェリテ公爵家にやってきたチロルは、毎日好奇心旺盛にあちこちを探検している。

彼の幼い性格からしてホームシックになるのでは……とオルタンシアは心配していたが、今のところその兆候はないようだ。

屋敷の人間にも、オルタンシアがアニマルセラピーを始めたと思われているようで、「ちょっと変わった模様の猫ちゃん」として可愛がられていた。

ちょこちょこと愛らしく走りまわるチロルが傍《そば》にいると、オルタンシアも癒《いや》され、嫌な記憶を遠ざけることができた。

屋敷の外——社交界に戻ることは恐ろしくてできないが、以前にも増して精力的に、屋敷内で様々なことを学んでいた。

（今度はうまく立ち回れるようにいろんなことを知っておきたいし、また誰かが誘拐しに来てもふっとばしてやるんだから！）

冤罪《えんざい》で投獄され、処刑台へと送られた。

なすすべもなく誘拐され、ただ殺されるのを待つことしかできなかった。

……もう二度と、あんな思いはしたくない。

自分自身や大切な者たちを守りたい。

そんな一心で、オルタンシアは今日も自己研鑽《けんさん》に励《はげ》むのだった。

（えっと、次は音楽のレッスンだよね……）

あまり器用ではないオルタンシアの苦手分野ではあるが、だからこそ気が抜けない。

頭の中でイメージトレーニングをしながら廊下を歩いていると、オルタンシアはふと前方からやってくる人物に気が付いた。

「あれ、お兄様？」

やってきたのは、オルタンシアの義兄ジェラールだった。

だが、今日の彼は普段と違って……なんとなく覇気がない、気がする。

心配になり、オルタンシアはジェラールに声をかけた。

「ごきげんよう、お兄様。……お兄様、少し顔色が優れないようですが――」

足を止めてこちらに視線をやったジェラールは、普段と変わらないように見えるが……よく見ると顔色が悪い。

どこか超人的なオーラをまとうジェラールだが、彼だって人間なのだ。体調を崩してもおかしくはない。

義兄の不調におろおろするオルタンシアに、ジェラールは小さくため息をついた。

「……問題ない。急な雑務が入り、少し寝不足なだけだ」

「そんな……大丈夫ですか？」

「あぁ、既に済んだことだ。お前が気にすることはない」

ジェラールはそう言ったが、オルタンシアは気になって仕方がなかった。

（お兄様、本当にそれだけ……？　何か、抱えてたりするのかな……）

彼は国内でも有数の公爵家の嫡男なのだ。それこそ、オルタンシアが想像もつかないような重い責務を背負っているはずだ。

（私がもっと成長すれば、お兄様の重荷を一緒に背負ってあげることができるかな……）

一度目の人生では叶《かな》わなかった。だが今度こそは、彼の役に立つことができるかもしれない。

「お兄様、無理だけはなさらないでくださいね。私、もっとたくましくなってお兄様をお支えしますから！　私にできることがあったら何でも言ってください！」

背伸びしてそう宣言するオルタンシアに、ジェラールは驚いたように目を見開いた後……表情を隠すように俯《うつむ》いた。

（えっ、怒った？　私みたいなちんちくりんが生意気だったかな……⁉）

オルタンシアは焦ったが、取り繕おうと口を開く前に、ジェラールの手が伸びてきてわしゃわしゃと頭を撫でられる。

「あぁ……期待している」

それだけ言うと、ジェラールは静かにオルタンシアの横を通り過ぎていく。

だがオルタンシアは、胸がいっぱいでしばらく頭を撫でられたままの姿勢から動くことができなかった。

（お兄様が、私に期待してるって……！）

――「黙れ、公爵家の恥さらしめ。……俺は一度たりとも、お前を妹などと思ったことはない」

かつて投げかけられた、身も心も凍らせるような冷たい言葉が蘇《よみがえ》る。

だが、そんな呪いのような言葉を思い出しても……以前のように身がすくんだり、絶望に苛《さいな》まれることはなかった。

それ以上に、温かな感情が胸の内を満たしている。

（お兄様……私、もっともっと頑張ります）

そのまま幸せな余韻に浸《ひた》っていたオルタンシアだったが……不意に不思議そうなチロルに声をかけられてはっと我に返る。

『シア、なにニヤニヤしながら突っ立ってるんだ？』

「えっ、これはその……って大変！　レッスンの時間が!!」

うっかり時間を失念していたオルタンシアは、淑女《しゅくじょ》らしからぬ全力ダッシュで廊下を駆け抜けるのだった。

◇◇◇

一方オルタンシアと別れたジェラールは、いつものように表情を変えず廊下を闊歩《かっぽ》していた。

だがその胸の内では、少なからず動揺していたのである。

まさか、オルタンシアに不調を悟られるとは思わなかった。

ジェラールは、あからさまに体調不良を表に出すことはない。事実、使用人や外部の人間はジェラールの不調を気取ることはなかった。

だが、あの危なっかしい小さな義妹だけが、彼の変化に気が付いたのだ。

――「……問題ない。急な雑務が入り、少し寝不足なだけだ」

あの言葉は、半分嘘《うそ》で半分事実だ。

ジェラールはきっちり自分のスケジュールを調整している。急な雑務が入ったとしても、睡眠時間を脅かすほど余裕がないわけがない。

だが……寝不足だということだけは、嘘偽《いつわ》りのない事実だった。

何度も繰り返し、同じ夢を見る。

悪夢だと言ってもいいだろう。

――「――――さま！　――――さい!!　――です！　――――など――――おりません!!」

夢の中では、いつも一人の女性がこちらに向かって助けを求めている。

――「お……――さま！　――ください!!　――です！　私は――など――はおりません!!」

ジェラールはいつも、彼女を救わなければという思いにかられる。

だがそんな体は動かず、夢の中のジェラールはジェラールの意思とは正反対の行動を取ってしまう。

……助けを求める女性を、非情に突き放すのだ。

――「お……お兄様！　助けてください!!　冤罪です！　私は暗殺など企《たくら》んではおりません!!」

髪を振り乱して、目にいっぱいの涙をためて、彼女は必死にこちらに手を伸ばす。

その手を取ってやれたら、もう大丈夫だと抱きしめてやれたらどれだけよかっただろう。

だが、悪夢はどこまでも悪夢だった。

――「黙れ、公爵家の恥さらしめ。……俺は一度たりとも、お前を妹などと思ったことはない」

その言葉とともに、彼女の――オルタンシアの表情は絶望に歪《ゆが》む。

そのまま彼女は断頭台へと連れていかれ、儚《はかな》く命を散らすのだ。

そんな光景を、もう何度もジェラールは目にしている。

ジェラールの知る姿よりも幾分か成長しているようだが、間違いない。

あれはジェラールの義妹、オルタンシアに他ならなかった。

何度やめろと叫ぼうとしても、彼女を助けようとしても、オルタンシアは断頭台の露と消えてしまう。

最近では夢を見るのが嫌で睡眠時間を削っていたのだが……オルタンシアに悟られてしまった以上、やめた方がいいだろう。

――「お兄様、無理だけはなさらないでくださいね。私、もっとたくましくなってお兄様をお支えしますから！　私にできることがあったら何でも言ってください！」

つい先ほど会ったばかりの、小さな義妹の姿が蘇る。

大丈夫、ジェラールにとっての現実はこちらだ。

何度悪夢を見ようとも、しょせん夢は夢。

現実に侵食することなどできはしない。

「おや、ジェラール様。どうなさいました？」

立ち止まったジェラールに気づいたのか、駆け寄り声をかけてきたのは、最近公爵家で働くようになった若き従僕――リュシオンだった。

この男はジェラールの目から見てもすこぶる優秀なのだが……どうにも得体のしれない部分があるように感じられることがある。

弱みを悟られないように、ジェラールは再び歩き出した。

「なんでもない、行くぞ」

「承知いたしました」

大げさに礼をしてみせたリュシオンを従え、ジェラールはオルタンシアとは反対方向に足を進め始めたのだった。

第7章　はじめての領地訪問

「うわぁ……」

目の前に山のように積み重なった招待状を前に、オルタンシアは途方に暮れていた。

例の誘拐事件の後、オルタンシアは一度も社交界に顔を出していない。

だが皆がオルタンシアの目に触れないようにしてくれていただけで、相変わらず招待状の嵐は収まっていないようだ。

談話室でのんびりお茶を飲みながら、

「そういえば、最近全然招待状が来ないね」

と、何気なく口にした途端、パメラがおずおずと引っ張り出してきたのがこの招待状の山だった。

「旦那様からは、お嬢様がその気になるまでけっしてお目に触れないようにしろとの命が出ておりまして……」

「そっか、私に気を使ってくれたんだよね……」

オルタンシアが嫌な記憶を思い出さないように存在自体を隠して、だがもしもオルタンシアがもう一度前を向けるようになったら、その歩みを止めないように。

そんな父の心遣いが嬉《うれ》しかった。

だが……いまだにオルタンシアは、社交界に戻る勇気が出ないのだ。

気が進まないままに、一番上に載っていた招待状に手を伸ばしかけたそのとき――。

「何をしている」

不意に空気を切り裂くような声が耳に届き、オルタンシアはぱっと顔をあげた。

そこにいたのは義兄ジェラールだった。

彼はいつものように、温度を感じさせない冷たい視線でこちらを見据《みす》えている。

だが、以前のようにオルタンシアが彼を恐れることはない。

「お兄様！」

オルタンシアがぱっと笑顔を浮かべると、心なしかジェラールのまとう鋭い空気が和《やわ》らいだような気がした。

（前は私のことを嫌ってたんだと思ってたけど……たぶん、これがお兄様の普通なんだよね……）

常に氷のように冷たい表情をしている彼は、一見すれば「何かしましたか⁉」と怯《おび》えてしまうほど恐ろしい。だが、落ち着いてよくよく観察すれば……そうでないことがわかる。

最近、オルタンシアは表情に乏《とぼ》しい彼の喜怒哀楽をなんとなく察することができるようになった……ような気がする。

彼はオルタンシアを見て少しだけ柔《やわ》らかな表情になったが、オルタンシアが今まさに手を伸ばそうとしていた招待状の山を見た途端、不快そうに眉根を寄せた。

「……なんだこれは」

「私に届いていた招待状です。寝込んでいた間にも、たくさん届いていたみたいで――」

オルタンシアが苦笑しながらそう言うと、ジェラールは招待状の山へ手を伸ばし、いくつかをつかみ取った。

かと思うと、躊躇《ちゅうちょ》することなく暖炉で燃え盛る炎の中へと放り込んだのだ。

「はひゃ⁉」

すぐに、手紙の束《たば》は灰と化した。

狼狽《ろうばい》するオルタンシアとは対照的に、ジェラールは心なしかすっきりしたような顔をしていた。

「ここにある手紙は問答無用で燃やせ。差出人や用件を気にする必要はない。わかったな」

「ししし、承知いたしました……！」

ジェラール直々にそう命じられたパメラは、震えながら何度も何度も頭を下げている。

「ち、ちょっと待ってお兄様！　もしも大事な用件だったり偉い人を怒らせちゃったら……」

「お前が気にする必要はない。ヴェリテ公爵家はそんなに方々《ほうぼう》に頭《こうべ》を垂《た》れなければならないほど弱くはないからな」

（いやいや、私が生き残るためには必要なんだって！）

慌てるオルタンシアに、ジェラールは強い口調で告げた。

「……お前は病《やまい》で療養中だと発表済みだ、見舞いも断っている。それにもかかわらず接触を図ってこようとする輩《やから》など、相手をする価値もない羽虫だと思え」

「は、はい……」

ジェラールの剣幕に押され、オルタンシアはつい頷《うなず》いてしまう。

「今後も相手をする必要はない。そもそも、お前はまだ幼い子どもだ。宮廷雀《すずめ》共《ども》に付き合うのはもっと成長してからにしろ」

ぎゅぎゅっとこちらの頭を押さえるような手に、オルタンシアは静かに頷いた。

（確かに……私は、ちょっと焦《あせ》りすぎてたのかな……）

何が何でも生き残ろうと、背伸びをしすぎていたのだ。

そのせいで、前の人生では味わうことのなかったつらい体験もした。

でも……そのおかげで得られたものもあるのだ。

「ありがとうございます、お兄様」

にっこりと微笑《ほほえ》むと、ジェラールは満足そうに表情を緩めた。

いろいろあったが、こんなふうにジェラールとの距離を縮めることができた。

これは、なによりもの収穫だろう。

（でも、どうして今のお兄様はこんなに私に優しくしてくれるんだろう）

前世ではあんなに嫌われていたというのに、いったいどんな風の吹き回しなのか。

思い当たる節があるとすれば……。

（……私からお兄様に近づこうとしたから？）

一度目の人生では、オルタンシアは恐ろしさのあまりろくにジェラールと会話をしたこともなかった。

だが今回は、女神のお告げやパメラのアドバイスなどもあり、公爵家に引き取られて早々に（かわい子ぶりながら）ジェラールに特攻していった。

……それが、功を奏したのかもしれない。

（お兄様って意外と……自分を慕《した》う相手には優しかったり？　怖いけど、理不尽ではないもんね……）

彼は厳格で恐ろしい。だが教師や使用人からは敬われており、父もジェラールを信頼し、次期公爵として様々なことを任せている。

彼は話のわからない暴君などではないのだ。

それどころか、懐《ふところ》に入れた相手には甘いのかもしれない。

（今はお父様より、お兄様の方がよっぽど過保護だもんね……）

父はある程度オルタンシアの自主性に任せようとしてくれるが、ジェラールはオルタンシアをとにかく危険から遠ざけようとする。

それが少し重くもあり、嬉しくもあった。

（もし、一度目の人生でも私からお兄様に歩み寄っていたら……全然違う結末になってたのかな）

もしかしたら前世の彼も、いきなり現れた異母妹との距離感を測りかねていたのかもしれない。

オルタンシアと彼の間には、大きな溝があった。

だから、ジェラールはオルタンシアが冤罪《えんざい》で拘束されたときに、オルタンシアではなく周囲の声を信じたのだろう。

（でも、今度はそうならないよね）

今の彼は、オルタンシアのことを見てくれている。気にかけてくれている。

だから、きっと大丈夫だと思えるのだ。

（私も、しっかりお兄様を支えないと！）

「そういえばお兄様、あれから睡眠不足は解消されましたか？」

そう問いかけると、ジェラールはわずかに視線を逸《そ》らした。

……これは、後ろめたいことがあるのかもしれない。

「お兄様！　また無理をされてるんじゃないでしょうね⁉」

もっとよく彼の状態を確認しようと顔を近づけると、ジェラールは驚いたように身を引いた。

「お兄様？」

首をかしげるオルタンシアに、ジェラールは静かに告げる。

「……大丈夫だ、問題ない」

「そういうときはだいたい問題があるんですよ！」

オルタンシアはもっと追及したかったが、ジェラールは全力で「踏み込んでほしくない」というオーラを醸《かも》し出《だ》している。

（やっぱり、そこまでは信頼されてないか……）

一度目の人生に比べてかなり距離は縮まったが……まだまだ、オルタンシアが彼の信頼を得るには至っていない。

（私って頼りない？　……うん、お兄様から見たらものすごく頼りないよね……）

しゅんと落ち込んだオルタンシアの頭に、優しい手が触れた。

「お前は、まずは自分のことだけを考えろ。俺は大丈夫だ」

そのまま頭を撫《な》でられる。初めのころの不器用な手つきに比べると、だいぶ自然に頭を撫でてくれるようになったものだ。

オルタンシアは嬉しさと同時に歯がゆい思いを味わっていた。

（そうだよね。私が中途半端なままでお兄様を助けようとしても、お兄様も困るだろうし……もっとしっかりしなきゃ！）

そう決意を固めるオルタンシアを、ジェラールは不思議そうに眺《なが》めていた。

だが、ジェラールの不調はなかなか改善の兆しを見せなかった。

そしてついに、オルタンシアはこの件について父から重要な役目を任されることとなるのである。

「失礼します、お父様」

その日、オルタンシアは珍しく父に呼ばれ執務室を訪れていた。

父はいつものように、朗らかな笑みでオルタンシアを迎えてくれる。

「よく来てくれたね、オルタンシア。今ホットミルクを用意させよう。お菓子も食べるかい？」

「お父様、この時間にお菓子を食べたらアナベルに怒られるのよ」

「それじゃあ……アナベルには秘密にしておこう。いいかい、これはオルタンシアとお父様だけの秘密だからね」

（悪い男！）

にやりと笑った父に、オルタンシアは呆《あき》れてしまった。

だが夜更けのお菓子はなんとも魅力的だ。

結局オルタンシアは誘惑に負け、父の甘言《かんげん》に乗りお菓子を口にしてしまった。

もぐもぐとおいしそうにお菓子を頬張るオルタンシアを、父は目を細めて眺めていた。

「オルタンシア、今日君をここに呼んだのは他でもない。君に重要な役目を任せたいんだ」

不意に父がそう告げて、オルタンシアは驚きのあまりお菓子を喉に詰まらせそうになってしまった。

「けほっ……わ、私に重要な役目ですか……⁉」

父にこんなことを言われるのははじめてだ。一度目の人生では発生しなかったイベントが、またしても起こってしまったのである。

どきどきと次の言葉を待つオルタンシアの前で、父はどこか憂《うれ》いを含んだ表情で告げた。

「……最近、少しジェラールが疲れ気味のようでね」

どうやら、彼もジェラールの異変には気づいていたようだ。

オルタンシアが驚いていないのを見て、父はふっと笑う。

「どうやら、君も気づいていたようだね」

「はい……以前尋ねたときは、忙しくて少し睡眠不足なだけだとおっしゃっていたのですが……」

「ジェラールはそう言っていたのか……。確かに、私は少しあの子にいろいろと任せすぎなのかもしれないな。あの子は優秀だから、ついつい頼ってしまうんだ」

演技なのか本心なのかはわからないが、父は少しだけ後悔を含んだ声でそう言った。

「あの子は私の前では弱みを見せようとしない。だから、君に頼みたいんだ」

「わ、私に何を……」

「これからしばらくの間、休養を兼ねてジェラールを領地に行かせようと思う。来年には学院に入り忙しくなるだろうから、その前に休暇を与えたくてね」

「ヴェリテ公爵領へ……ですか？」

「あぁ、そこでオルタンシア。君に頼みたいのは……領地へ同行してもらい、ジェラールを監視してもらいたい」

「えぇえっ⁉　私がお兄様を監視ですか⁉」

いったい何を言っているんだこの人は！

そんなふうに素《す》っ頓狂《とんきょう》な声を出したオルタンシアに、父はくすりと笑う。

「あぁ、監視だ。ジェラールがあまり仕事をしすぎないように、ゆっくりと休めるように、監視をしてほしい」

「あ………」

父の意図を察し、オルタンシアはぱちくりと目を瞬《またた》かせた。

（そっか、きっとただ領地に送っただけだと、お兄様は休まず働くだろうから……）

それで、オルタンシアが監視役に選ばれたということらしい。

そのくらい、オルタンシアは父に信頼されているのだ。

そう思うと胸がじんわりと熱くなる。だが……。

「私が、ヴェリテ公爵領の……お館《やかた》に足を踏み入れても大丈夫でしょうか……」

一度目の人生で、オルタンシアは一度も公爵領を訪れたことがなかった。

オルタンシアはヴェリテ公爵家の血を引いているかどうかも怪しい庶民の娘。

領地の人間に、歓迎されていないのは明らかだからだ。

ジェラールの母親――ヴェリテ公爵夫人は、数年前に亡くなったと聞いている。

だが、存命時から夫である公爵との仲は冷めきっていて、王都で過ごす夫と離れてずっと領地で過ごしていたとも聞いていた。

そこに、のこのことオルタンシアが踏み込んでいけば……反感を買うのではないだろうか。

そんなふうに考え表情を曇《くも》らせたオルタンシアに、父は優しく笑った。

「……君は聡《さと》い子だね、オルタンシア。君の心配もよくわかる。だが、君はもう私の娘……ヴェリテ公爵家の一員なんだ。我が領内であれば、どこであろうと君の庭も同然だ。何も問題はないよ」

（ほんとかなぁ……）

兄の過保護っぷりに比べると、父はどうにもオルタンシアを試すような傾向がある。

今の言葉も、何か裏があるのでは……と勘ぐってしまうのだ。

（まぁ、お父様にそう言われたら行くしかないんだけどね……）

なんにせよ、オルタンシアはジェラールの休暇のために重要な役目を任されたのだ。

これは、きっと未来が良《い》い方向に進んでいるという兆候だ。

そう自分に言い聞かせ、オルタンシアはにっこりと笑顔を浮かべた。

「わかりました、お父様。私がきっちり、お兄様に休暇を満喫していただくよう見張ります！」

「あぁ、頼んだよ、オルタンシア。ジェラールは気難しく彼に進言できる者は少ないが……きっと、君が可愛《かわい》く頼めば言うことを聞かざるを得ないだろうからね」

父のお墨付きを得て、オルタンシアは少し不安を抱えながらも頷いた。

（ヴェリテ公爵領かぁ……。話を聞いたことしかなかったから、ちょっと楽しみかも）

わくわくと目を輝かせるオルタンシアを、父は目を細めて見つめていた。

◇◇◇

トントン拍子に話は進み、今……オルタンシアはジェラールとともに馬車に揺られている。

「お兄様、お菓子食べますか？　みんなが持たせてくれたんです！」

「……俺はいい。お前が食べろ」

「はぁい」

砂糖をたっぷりまぶしたドライフルーツを食《は》みながら、オルタンシアはちらりと目の前の義兄を見つめた。

彼はいつものように表情の読めない顔で、窓の外を眺めていた。

案の定、彼は当初領地へ戻ることを拒んだ。自らワーカホリックへの道を突き進もうとしたのである。

だがそこで、父の計略が発動したのである。

「実は、オルタンシアに我が領地を見てもらいたいと思っているんだよ。だが私は仕事で王都を離れられないし、他の者に可愛い娘を任せるのは心配だ。どうかな、ジェラール。君の可愛い妹に、我らの領地を案内してもらえないかい？」

オルタンシアには「ジェラールを任せたよ」と言って懐柔し、ジェラールには「オルタンシアを任せたよ」と言う。

素直に「休暇を取りなさい」と言っても聞くわけがないジェラールへの、父なりの策略だった。

断られるのではないか……とオルタンシアはハラハラしたが、意外なことにジェラールはすぐに父の提案を受け入れたのだ。

(お父様はお兄様の性格をよくわかってるね……)

父の意図を察したオルタンシアは、「はじめての領地訪問でわくわくどきどきの頼りない妹モード」へと頭を切り替え、こうしてあれこれとジェラールへと話しかけている。

「リュシアンが一緒に来られなくて残念でしたね。ものすごく一緒に来たそうな顔してたけど」

「放っておけ。退屈しないよう十分な仕事は与えてある」

「わぁ……」

ジェラール付きの従僕となったリュシアンは、オルタンシアとジェラールの領地訪問を聞きつけるなり、当然のようについてこようとした。

だがジェラールはそっけなくリュシアンを置き去りにし、山のような仕事を与えさえもした。

兄妹《きょうだい》の小旅行の随員は、本当に必要最低限の使用人のみとなっている。

「ヴェリテ公爵領には自然がたくさんあるんですよね。楽しみです！」

足元で丸まっていたチロルを抱きかかえ、オルタンシアはまだ見ぬ景色に思いを馳《は》せた。

「チロルも思いっきり走りまわれるよ。よかったね」

顎の下あたりを撫でると、チロルはグルグルと気持ちよさそうな声を出す。

「走りまわるのはいいが。勝手に屋敷《やしき》から出ようとはするな。最悪、遭難する」

「わわっ！　気を付けます……」

（遭難って、すごい……）

いったいどんなところなのだろう。

王都の下町生まれのオルタンシアにとっては、想像もできない世界だった。


数日後、オルタンシアたちは無事にヴェリテ公爵領へとたどり着いた。

ヴェリテ公爵領は王国の北部に位置し、山間地帯なのもあって王都よりも幾分か肌寒さを感じるほどだ。

木組みの建物が立ち並ぶ街を抜け、石橋を渡った先に大きな門がそびえたっている。

だが門の先には林が広がっており、まだ城館の姿は見えない。

そのまま馬車は、林の中の曲がりくねった小路《こうじ》を進んでいく。

（……けっこう進んでいるけど、これ全部公爵家の敷地なの？　すご……）

やがて林を抜け視界が開けたかと思うと……目の前に堅牢《けんろう》な石造りの城館が姿を現した。

「すごい……！」

王都の屋敷はどちらかというときらびやかなイメージが強いが、こちらの方は質実剛健といった雰囲気だ。

いくつもの尖塔《せんとう》が悠々とそびえたち、美しく色あせた外壁は長い歴史を感じさせる。

そのスケールの大きさに圧倒されながらも、オルタンシアはジェラールの手を取りびくびくと馬車から地面に降り立った。

領主館の前には、ずらりと並んで使用人が待ち構えていた。

「ようこそいらっしゃいました、ジェラール様、オルタンシア様。無事にご到着されて何よりです」

壮年の家令《かれい》に優しく微笑まれ、オルタンシアはほっとした。

だが、家令の背後からはちくちくと好奇とやっかみの視線を感じてしまう。

(うぅ、やっぱり歓迎されてないよね……)

思わず俯《うつむ》くと、そっとジェラールがオルタンシアの肩に触れた。

そして、彼は凍《い》てつくような冷たい声ではっきりと告げる。

「皆も既に承知のこととは思うが、オルタンシアは正式にヴェリテ公爵家の一員となった我が妹……現在のヴェリテ公爵家の中ではもっとも序列が高い女性となる。万が一非礼を働いた場合は、二度と公爵領の土を踏めぬものと心得よ」

――「オルタンシアを冷遇するようなら覚悟しろ」

さらりとジェラールが告げた言葉に、使用人たちは慌てたように背筋を伸ばし、頭を下げた。

「ふん、行くぞ」

「はっ、はい！」

もう興味はないとばかりに歩き出したジェラールの後ろを、オルタンシアは慌てて追いかけた。

「……ありがとうございます、お兄様」

「主家の人間に敬意を払うのは当然のことだ。しばらくここには帰っていなかったから、使用人を律するいい機会になる」

そんなふうに気遣ってくれる兄の言葉に、オルタンシアは嬉しさに頬を緩めずにはいられなかった。


「わぁ、いい眺め」

城館の正面の道は街へと続いており、逆に裏手には雄大な山々が広がっている。

バルコニーからそびえたつ山々を眺め、オルタンシアは感嘆のため息を漏《も》らした。

「心なしか、空気もきれいに感じますね」

一緒についてきてくれたパメラも、雄大な自然を前に感銘を受けているようだ。

「さぁお嬢様。さっそくジェラール様が領都を案内してくださるということですし、お着替えをいたしましょう！」

「はぁい」

オルタンシアとしてはもう少しゆっくりしたかったのだが、見るからに怠惰を嫌う兄は着いて早々オルタンシアを街に連れ出してくれるそうだ。

(お父様に私を案内するように言われてたし、お兄様はその役目を遂行しようとするよね。……よし、私がお兄様をリラックスさせられるように誘導しないと！)

あの兄のことだ。ここでも油断すればすぐに仕事をこなそうとするに違いない。

(お兄様を振り回す天真爛漫《てんしんらんまん》モード発動よ！)

「そうね、パメラ。とっても可愛くしてもらえると嬉しいな！」

きゅるん、と愛らしい笑顔を浮かべてみせたオルタンシアに、パメラは目を輝かせて何度も頷いた。


「お待たせいたしました、お兄様！」

玄関ホールで待っていた兄のもとへ駆け寄り、オルタンシアはにっこりと最大限に子どもらしい笑みを浮かべてみせた。

「これ、前にお兄様が屋敷に呼んでくださった『ローレライ』の特注ドレスなんです！　どうですか？」

にこにこと笑いながら問いかけるオルタンシアに、ジェラールは表情を変えずに問い返した。

「どう、とは？」

「え、それは……似合ってるとか、可愛いとか……」

そんなふうに真面目に返されると、張り切ってお披露目しているのが恥ずかしくなってくる。

そういえば、ジェラールはオルタンシアに大量のドレスを贈りはしたものの、特に装《よそお》いを褒《ほ》めてくれたことなどはなかった。

（お兄様って優秀だけど、こういうところが抜けてるんだよね……）

曲がりなりにも良家の貴公子なら、「女性が着飾って現れたときはとにかく褒める」みたいなレッスンは受けていないのだろうか。

（いや、お兄様の場合特にそんなふうに気を使わなくても寄ってくる女性は多いだろうし……むしろ冷たいところが受けそう……）

そんなふうに現実逃避しかけたオルタンシアに、ジェラールはぽつりと呟《つぶや》いた。

「落ち着きのない小動物のようだな」

「あ、ありがとうございます……？」

いまいち褒められているのかけなされているのか……というか、衣装の感想なのかすらもよくわからなかったが、とりあえずオルタンシアは礼を言っておいた。

（でも、これではっきりわかった。絶対お兄様って、誰が何着てても気にしないタイプだ……！）

きっと彼は、自分や他人の容姿の美醜には無頓着なのだろう。

（こんなに、きれいなのに……）

あらためてジェラールを見上げて、オルタンシアはその整《ととの》った美貌に感心した。

まるで月の光を紡いだかのように艶《つや》やかな白銀の髪に、美しい凍土を思わせる蒼氷《そうひ》色の涼しげな瞳。整いすぎている顔立ちは作り物めいていて、表情が乏しいのも相まって精巧な人形のようだった。

むしろ自分の容姿が整いすぎているせいで、まわりは等しくジャガイモにしか見えないのかもしれない。

(ふん、いいですよ。落ち着きのない小動物らしくお兄様を翻弄《ほんろう》してやるんだから！)

「さぁ行きましょう、お兄様！」

◇◇◇

ヴェリテ公爵領、領都ルジェット。

王国北部でも有数のにぎわいを誇る街は、今日も人で溢《あふ》れていた。

「わぁ～、お店がたくさん！　すごいですね、お兄様！」

オルタンシアは立ち並ぶ店舗に目を輝かせたが、ジェラールはオルタンシアと同じ方向を見つめながらなにやらぶつぶつと呟いていた。

「……抜き打ちの立ち入り調査でも行うか」

（わ〜ダメダメ！　今はとにかくお兄様を休ませるってお父様と約束したんだから！）

さっそく仕事人間に戻ろうとしたジェラールの手を慌てて掴《つか》み、オルタンシアは迅速に周囲に視線を走らせる。

ちょうど目に入ったのは、街の中を流れる運河を進む小舟だ。

覚悟を決め、オルタンシアはわざとらしく声をあげた。

「あ〜！　舟だ！　お兄様、シアあれに乗りたいです！」

「わかった、お付きのメイドと行ってこい」

「やだ〜、お兄様と乗りたいんです‼」

兄の腕にしがみつくようにして、オルタンシアは駄々っ子のように「やだやだ〜」と繰り返した。

（うぅ、恥ずかしい……。通行人がこっち見て笑ってるし……）

恥ずかしくて逃げ出したくなったが、ここで折れては今までの苦労が水の泡だ。

オルタンシアは意を決して、うるうると目を潤ませ（るふりをして）上目遣《うわめづか》いに告げた。

「一緒に乗ってくれないなんて……お兄様はシアのこと、きらいになっちゃったの……？」

ちなみにこの技は、酔っぱらった母に昔教えてもらったものである。

きっと一生使う機会など訪れないと思っていたが、意外なところで役に立つものだとオルタンシアは母に感謝した。

ジェラールは相変わらず冷たい目でオルタンシアを見下ろしている。

その反応に、さすがに呆れられたかと焦り始めたとき……。

「……わかった。興奮しすぎて舟から落ちるなよ」

上から降ってきたのは、まさかの承諾の言葉だった。

「やったぁ、お兄様大好き！」

やけになって抱き着くと、一瞬ジェラールは驚いたように目を丸くした。

「……行くぞ」

くるりと背を向けた兄の後を、オルタンシアは慌てて追いかけた。


「ふふふ～ん、お魚とかいるのかな？」

無事に小舟に乗船したオルタンシアは、きょろきょろと周囲を見回した。

そんなオルタンシアの隣には、いつもと変わらず感情の読めないジェラールが座っている。

ちらりと彼の様子を確認し、そこまで機嫌が悪くなさそうなのを確認すると、オルタンシアはほっと安堵《あんど》の息を吐いた。

（はぁ、第一関門突破ってところかな？）

この街では、乗合馬車のようにこの小舟が人々の移動手段の一つとなっている。

オルタンシアのわがままで終点まで乗せてもらえることになったので、少なくともしばらくの間はジェラールが仕事人間に戻ることはないだろう。

「あっ、パメラだ！　おーい!!」

ちょうど進行方向の橋の上から、チロルを抱っこしたパメラがぶんぶんと手を振っているのが見える。

チロルは水の上を進む舟に乗るのを怖がっていたので、パメラに預けたのだ。

一生懸命手を振り返すオルタンシアを、奇妙な生き物を見るような目で眺めながら、ジェラールはぽつりと呟いた。

「……あのメイドと一緒に乗らなくてよかったのか？」

「えっ、どうしてですか？」

「こういうことに関しては、俺よりも適任だろう」

「うーん……でも、私はお兄様と乗りたかったんです」

「なぜだ」

「えっ？」

いつになく深く追及され、オルタンシアは少し驚いてしまった。

「俺といても、お前が楽しめるとは思えない」

ジェラールが至極《しごく》真面目にそんなことを言いだしたので、オルタンシアは今度こそ驚きのあまり舟から落ちるところだった。

（えっ、お兄様でもそんなこと気にするんだ……）

もしかしたら、誰かにそんなことを言われたことがあるのだろうか。

（いったい誰に……？　お兄様にそんなことを言えるような勇者なんて、この世に存在するのかな……）

考えてみたが、やはり思いつきそうにはなかった。

だが、彼が心配するほどオルタンシアはつまらない思いをしているわけではなかった。

それだけは、伝えておかなければ。

ジェラールは表情に乏しく、何を考えているのかわかりにくいが……そんな彼の些細《ささい》な変化から感情を読み取ろうとするのが、最近のオルタンシアの密《ひそ》かなマイブームだった。

常人に比べるとはるかに難易度が高いが、ジェラールのかすかな表情の変化、声色《こわいろ》、動作などをよく観察すれば……少しずつ、彼が何を考えているのかわかることも増えている。

（まぁ、わからないときの方が圧倒的に多いんだけどね……）

それでも、オルタンシアは笑顔で告げた。

「楽しいですよ。お兄様と一緒で」

「………そうか」

その平坦《へいたん》な声からは、ジェラールの感情を推し量ることはできなかった。

だがその後、ぽつぽつと通りがかる街の要所について説明してくれたことを考えると……彼も彼なりに、オルタンシアのことを楽しませようとしてくれたのかもしれない。

◇◇◇

滞在初日の夜、オルタンシアは割り当てられた部屋でのんびりと過ごしていた。

ジェラールが釘《くぎ》を刺してくれたおかげか、思ったよりもずっと居心地よく過ごすことができている。

だがごく一部の者から、まるで肌を刺すような厳しい視線を向けられることもあった。

「どうも奥様にお仕《つか》えしていた方の一部が今でも城館に残っているようで、お嬢様のことを良く思っていないようですね」

「やっぱりそうか……」

さっそくここの使用人と打ち解けたらしきパメラがもたらした情報に、オルタンシアは小さくため息をついた。

今は亡き公爵夫人に仕えていた者たちが、公爵の温情で今も城館に残っており、まるで女主人のように振舞っているのだという。

だがオルタンシアが現れたことで彼らの立場は危うくなってしまった。

ジェラールが口にしたように、現在はオルタンシアが公爵家の女性の中で一番序列が高い。

亡き公爵夫人に仕えていた上品な女性たちからすれば、妾腹《しょうふく》の卑《いや》しい娘が我が物顔で城館を練り歩くなど、それはそれは虫唾《むしず》が走るのだろう。

「はぁ、何もなければいいんだけど……」

「大丈夫ですよ、お嬢様。私がお嬢様をお守りいたします！」

「ありがとう、パメラ。でもできればトラブルは避けてね……」

オルタンシアとしては、別に彼女らを追い出したり城館の女主人の座に就きたいわけでもない。

ただただ、何のトラブルも起こらないことを願うだけだ。

だが、そんなオルタンシアの願いはいともたやすく砕かれてしまうのである。


「ふぁ～、本当に広いのね」

翌日、オルタンシアは家令のコンスタンに城館の案内を受けていた。

王都の屋敷にはじめて足を踏み入れた日も、まるでお城のようだと驚いたものだ。

だが、この領主館はその比じゃない。

それこそ巨大な城だ。今だって一人置いていかれれば、オルタンシアは間違いなく迷子になる自信がある。

「有事の際は領民の避難場所にもなりますからね。広い館は維持に人手がかかりますが、その分雇用を生み出していると考えることもできます」

「なるほど……」

壮年の家令――コンスタンは、オルタンシアにもわかるように優しく説明を加えてくれた。

うんうんと頷きながら、オルタンシアは伝えられた情報を頭に叩《たた》き込《こ》んでいく。

「そういえばお兄様は？」

「午前中は現在の領地の状況についてのご報告を受け、午後からは視察に出かけると伺《うかが》っております」

「わっ、またお仕事してる！　お兄様をリフレッシュさせるようにお父様に頼まれてるのに！」

「ほほほ、では明日からはお嬢様が若様を連れ出してくださいませ。お嬢様のお言葉なら若様も聞かざるを得ないでしょう」

「えへへ、そうかな？」

そんなことを話しているうちに、オルタンシアたちは新たな区画へ足を踏み入れていた。

敷かれている絨毯《じゅうたん》、廊下に飾られた美術品や調度品……どれをとっても、品よく統一された一級品だということが見て取れる。

今までの場所とは明らかに違う。誰か高貴な者の居住区画であることは明らかだった。

「ねぇコンスタン、このあたりは……」

誰のお部屋なの……と、問いかけようとしたときだった。

「何をしているのです！」

甲高い声が鼓膜《こまく》を揺らし、オルタンシアは思わずびくりと身をすくませてしまった。

「ここは奥様のお部屋に近い場所ですよ⁉　勝手に立ち入るとは何事ですか！」

見れば、身なりの良い夫人が目を吊《つ》り上《あ》げてこちらへ向かってくるところだった。

彼女の鋭い視線は、まっすぐにオルタンシアを睨《にら》みつけている。

彼女の視線からオルタンシアを庇《かば》うように、コンスタンがすっと前に立つ。

「ギャンヌ夫人、オルタンシアお嬢様は公爵閣下《かっか》のお嬢様……正式な公爵家の一員となられたのです。この城館の中にお嬢様の立ち入ってはいけない場所などありません」

「なんですって……⁉　まさか、その子どもに奥様のお部屋を明け渡せなんて言うんじゃないでしょうね⁉」

「そうではありません。お嬢様にはこの城館のどこに何があるのか知る権利があるというだけです」

「奥様をないがしろにして生まれた娘に、そんな権利などあるはずがないわ！」

ギャンヌ夫人と呼ばれた女性は、ますます語気を荒らげていく。

対するコンスタンは、落ち着いた姿勢を崩さないが……どことなく、怒気のようなオーラが感じられた。

それが恐ろしくて、オルタンシアは慌ててコンスタンの上着の裾《すそ》を引く。

「い、いいのよコンスタン。他の場所を案内してもらえるかしら……」

「ですが、お嬢様……」

「本当にいいの！　だから、お願い……」

必死に頼むオルタンシアに、コンスタンは優しい目に戻ると、すっと頷いた。

「……承知いたしました、お嬢様。では別の場所に向かいましょう」

コンスタンが聞き入れてくれたことで、オルタンシアはほっと息をつく。

そのままギャンヌ夫人に背を向け立ち去ろうとしたが、彼女は嘲るように笑った。

「さすが。母親に似て媚《こ》びる技術は一人前のようね。……あの不気味な子どもにもそうやって取り入ったのかしら？」

（え………？）

オルタンシアにはわけがわからなかったが、コンスタンはその言葉に足を止め、再び夫人の方へ振り返った。

「……言葉が過ぎます、ギャンヌ夫人。これ以上の若様やお嬢様への侮辱は見過ごせません、きっちりと、公爵閣下にご報告いたします」

「ふん、勝手にすればいいわ！　浮気性の夫に人形みたいで不気味な息子に、挙げ句の果てには娼婦《しょうふ》の娘まで現れるなんて！　振り回された奥様が本当にお可哀《かわい》そうで――」

そこでパメラがそっと耳をふさいだので、オルタンシアはそれ以上ギャンヌ夫人の罵詈雑言《ばりぞうごん》を耳にせずに済んだ。

だが、今聞いたばかりの言葉がぐるぐると頭の中を渦巻いて、心臓が早鐘《はやがね》を打っている。

（不気味な息子って……まさか、お兄様のこと……？）

オルタンシア自身について口汚く罵られるのならよくわかる。一度目の人生でも、何度も同じようなことを聞いた。

だが、ジェラールについて誰かがこんなふうに罵っているのははじめて聞いた。

それも、公爵夫人――ジェラールの母親に、近しかった人間が。

（まさか……）

オルタンシアの頭の中で、嫌な仮説が出来上がっていく。

――「俺といても、お前が楽しめるとは思えない」

ジェラールがぽつりとこぼした言葉が蘇《よみがえ》る。

おかしいとは思ったのだ。オルタンシアから見て、ジェラールはその程度の些細な悪口を気にするような人間ではない。

気にするのだとすれば、例えば……その言葉を口にした人物が、ジェラールに大きな影響を及ぼすような人間だったのかもしれない。

――「人形みたいで不気味な息子」

もしやその言葉は、公爵夫人が息子であるジェラールに向けていた言葉ではなかったのだろうか？

（そんなことって、ある……？）

ジェラールのガラス玉のように澄んだ瞳が蘇る。

もしかしたら、彼は……その瞳の奥に、たくさんの悲しみを飲み込んできたのかもしれない。

そう考え、オルタンシアは胸を痛めるのだった。

第8章　よりそう双子星

「ギャンヌ夫人には謹慎を申し付けました。……ご不快な思いをさせてしまい、大変申し訳ございませんでした、お嬢様。二度とこのようなことが起きないように徹底を――」

「いいのよ、コンスタン。私は気にしてないわ」

すぐにギャンヌ夫人と引き離されたオルタンシアは、深々と頭を下げる家令《かれい》――コンスタンを慌てて宥《なだ》めた。

「それより、もしよかったら……奥様のお話を聞かせてほしいの。もしかして、奥様とお兄様ってあまり仲がよくなかったのかな……」

そう問いかけると、コンスタンはすっと目を細め……小さく息を吐いた。

「あまり気持ちの良《い》い話ではありません。お嬢様のお耳に入れるのはどうかと……」

「お願い、お兄様のことを知りたいの……！」

必死に頼むと、コンスタンは重い口を開いてくれた。

「……そうですね。お嬢様は既に公爵家の一員、十分に知る権利があるといえます。私でよろしければ、かいつまんでお話しいたしましょう」

オルタンシアの知らないジェラールの過去……いったい、何があったのだろうか。

ぎゅっと両手を握りながら、オルタンシアはそっと息を吸った。

「奥様……カトリーヌ様は、さる侯爵家のご令嬢でいらっしゃいました。少々気難しい方で、完璧主義とも言えたでしょう。あまり人付き合いはお得意ではないようで、旦那様が王都にいる間もこの城館に残っていることの方が多いくらいでした。政略結婚だった旦那様とは、当初は距離を置きつつもつかず離れずな関係を保っていらっしゃったのですが……ジェラール様がお生まれになって、奥様の態度は一変したのです」

「お兄様が生まれてから……？」

「はい。ジェラール様は幼い時分より聡明《そうめい》で、達観した考えをお持ちの素晴らしい御方です。ただあまり感情を表に出さない傾向がありまして、笑顔を浮かべることも多くありませんでした。……それが、奥様の気に障ってしまったようです」

（お兄様って、昔からそうだったんだ……）

オルタンシアは幼いジェラールが満面の笑みを浮かべている光景を想像しようとしたが、うまくいかなかった。

（でもまぁ、そういう人だっているよね……）

人間の性格には個人差がある。ジェラールは一見冷血漢のように見られがちだが、けっして他者を思いやる心がないわけじゃない。

二度目の人生で、オルタンシアはやっとそのことに気づけたのだ。

「奥様はジェラール様を気味悪がり、周囲に当たり散らすようになりました。『不完全な子どもを産んでしまった』と心を病《や》むようになり、ギャンヌ夫人など一部の侍女しか傍《そば》に寄せ付けず、我々も度々《たびたび》罵られたものです。旦那様が王都で愛人を囲っているなどの噂《うわさ》が耳に届くようになってからは、ますます荒れて……、どんどんとジェラール様への態度もひどくなっていきました」

「そんな……」

聞いているだけで胸が痛くなるようだった。

オルタンシアの胸の中には、母との温かな思い出がたくさん詰まっている。

目を閉じるだけで、今も鮮明に明るい笑顔を思い出せる。

亡くなって数年が経《た》つ今でも、母はオルタンシアにとって自身を導いてくれる一番星のような存在だった。

だが、ジェラールは……。

(そんな小さなころからお母様に嫌われて、ひどいことを言われて、お兄様だって傷つかないわけがないのに……！)

「やがてジェラール様はまるで心を殺してしまったかのように感情を表に出すのをやめ、くすりとも笑わなくなりました。事態を重く見た旦那様はジェラール様の養育を奥様に任せるのをやめ、王都へと連れていき奥様とは距離を取らせるようになりました。ですが奥様の精神状態は回復せず、やがて体を蝕《むしば》む病《やまい》に倒れ……闘病の末、亡くなられました。最期《さいご》まで献身的に奥様を支えたとして、ギャンヌ夫人には奥様亡き後もこの城館で部屋と給金を与えるようにと旦那様から仰《おお》せつかっております」

「そうだったの……話してくれてありがとう、コンスタン」

彼にとっても、過去を蒸《む》し返《かえ》される嫌な話だったはずだ。

オルタンシアのような幼子《おさなご》を煙《けむ》に巻《ま》くことくらいはたやすいはずなのに、それでもコンスタンは過去のできごとを話してくれた。

……オルタンシアを、公爵家の一員として認めてくれたのだ。

それが嬉《うれ》しくて、オルタンシアは何度も何度も礼を言った。

「……ジェラール様に辛《つら》く当たる奥様を止められなかったこと、もっと奥様のことを気にかけるように旦那様を説得できなかったこと。……私も、消えない罪を背負っているのは同じです」

コンスタンは深い後悔を宿した瞳でそう告げた。

(でも、誰が悪いなんて言えないよね……)

幼い子どもであるジェラールに辛く当たった公爵夫人を、当然オルタンシアはよく思わない。

だが、彼女がそうなってしまった原因の一端は父や周囲の者にもあるだろう。

それに……。

――「旦那様が王都で愛人を囲っているなどの噂が耳に届くようになってからは、ますます荒れて……」

（奥様を追い詰めてしまった責任は……私のママにあるのかもしれない）

その噂の愛人がオルタンシアの母親なのかどうかはわからない。

だが、確かなのは誰か一人を責めてどうにかなる問題ではないということだ。

（前の私は、何も知らなかったんだね……）

公爵家の、兄であるジェラールの事情など、深く考えようとしたこともなかった。

だが、きっと今からでも遅くはないはずだ。

「ありがとうコンスタン。……お兄様がお帰りになられたら、二人でゆっくり話がしたいの」

「……承知いたしました、お嬢様。ジェラール様にそう申し伝えましょう」

深々と頭を下げたコンスタンに、オルタンシアは微笑《ほほえ》んだ。

◇◇◇

ジェラールが城に戻ってきたのは、夕方になってからだった。

コンスタンが今日のできごと――オルタンシアとギャンヌ夫人の諍《いさか》いについて話したのだろう。

与えられた部屋でぼんやりと外を眺《なが》めていたオルタンシアのもとへやってきたジェラールは、いつもより心なしか険しい顔をしていた。

「……パメラ、少しお兄様と二人で話したいの。人払いをお願い」

「承知いたしました、お嬢様」

パメラはちらりとオルタンシアに気づかわしげな視線を向けたが、すぐに一礼して部屋を辞した。

夕焼けが差し込む室内で、オルタンシアは義兄ジェラールに向かい合う。

先に口を開いたのは、ジェラールの方だった。

「ギャンヌ夫人がお前に無礼を働いたそうだな。主家の者への侮辱は重罪だ。すぐに処断を行う」

「……私は気にしておりませんわ。それよりお兄様」

いつもながらに涼しげな顔で、それでも憤怒《ふんぬ》を滲《にじ》ませてジェラールはそう口にした。

だがオルタンシアは、ゆるりと彼の行動を制する。

「……お兄様は、よろしいのですか」

そう問いかけると、ジェラールは一瞬だけ虚を突かれたような顔をした。

「……コンスタンか」

「はい。お兄様と……それに、お兄様のお母様のことを教えていただきました」

オルタンシアの表情と声色《こわいろ》で、既にある程度事情を知っていることがわかったのだろう。

ジェラールはオルタンシアに近づくと、そっと頭に手を触れた。

「……お前がそんな顔をする必要はない」

ジェラールは静かにそう口にした。

傍から見れば、ジェラールはほとんど感情を見せず、不気味に思えるのかもしれない。

それでも、オルタンシアは少しずつ彼の優しさに気づけるようになっていた。

「お兄様……少し、二人で歩きませんか？」

「なぜだ」

「私がそうしたいからです」

オルタンシアが胸を張ると、ジェラールは一瞬驚いたような表情を見せた後……静かに頷《うなず》いた。


「わぁ、広ぉい！」

ジェラールに付き添われ、オルタンシアは意気揚々と夕陽《ゆうひ》の差し込む庭園へと繰り出した。

特に何か目的があったわけじゃない。

ただなんとなく、閉塞感のある室内よりは大自然の中の方がいろいろと話しやすいと思ったまでだ。

ここの庭園は整然とした手入れが行き届いた王都の屋敷《やしき》の庭園とは違い、自然のままの姿を色濃く残している。

オルタンシアは軽い足取りで、小川にかかった小さな木の橋を渡る。

「……そこから右手へ進むと、ヤギの放牧場がある。また明るいときに行くといい」

ぽつりとそう口にしたジェラールに、オルタンシアはにっこり笑って礼を言った。

「ありがとうございます。お兄様はお詳しいんですね」

「……俺は次期当主だからな。敷地内《しきち》になにがあるのか把握しておくのは当然だ」

ジェラールは少々ばつが悪そうにそう呟《つぶや》いた。

（敷地内の地理について把握しておくのは当然でも、私が好きそうな場所を教えてくれたのはお兄様の厚意ですよね）

そう思うと、胸が温かくなる。

オルタンシアはくるりと振り返って、ジェラールを見上げた。

「……お兄様は小さなころ、ここで暮らしていらっしゃったのですよね」

「あぁ、そうだ。……いい思い出は何もないがな」

自嘲するようにそう口にしたジェラールに、オルタンシアはきゅっと拳《こぶし》を握り締めた。

「……私はコンスタンに事情を聞いただけだし、お兄様のお母様にお会いしたこともないし、口を挟む権利もないとは思うんですけど——」

オルタンシアは一歩近づき、ジェラールの手を取る。

そして、そっと握り締めた。

「……公爵夫人がお兄様を遠ざけたことに関しては、お兄様が悪いとは少しも思いません」

「自分で言うのもなんだが、俺は子どもらしくない子どもだった。母が気に病むのも無理はない」

「でもそれってただの個人差でしょう⁉　みんな違う人間なんだから、大げさに笑ったり泣いたりする人もいれば、あまり顔に出ない人がいてもおかしくはないじゃないですか！　それだけで、悪く言うのは失礼だと思います！」

ぷんぷんと憤慨するオルタンシアを、ジェラールは珍獣を眺めるような目で見ていた。

「……そんなふうに言うのはお前がはじめてだ」

「えへへ、そうですか？」

「あぁ……お前は変わっている」

やはり、褒《ほ》められているのか褒められていないのかはいまいちわからない。だが、それでもオルタンシアの言葉が少しでもジェラールの心の傷を癒《いや》せるのなら何よりだ。

そんな願いを込めて、オルタンシアはにっこりと笑ってみせる。

「ふふ、お兄様だって変わり者ですよ？　私たち、お揃《そろ》いですね！」

そう言うと、ジェラールは微妙な顔をした。

（えっ、さすがに調子に乗りすぎた？　私とお揃いだなんてどう考えても不名誉だもんね！　ど、どうしよう……）

静かに焦《あせ》るオルタンシアに、ジェラールはぽつりと告げる。

「……そうだな」

ひどくわかりにくいが、それは確かに肯定の言葉だった。

「俺は変わっているのは確かだろう。美しいとされる美術品を見ても、稀代《きたい》の悲劇といわれる劇を見ても……母が亡くなったときでさえ、あまり感情は動かなかった」

どこか他人事《ひとごと》のようにそう呟くジェラールに、オルタンシアは胸が締め付けられる思いだった。

(もしかしたらお兄様は公爵夫人に拒絶されて、ひどいことを言われて……それが悲しくて、感情を閉ざしてしまったのではないですか……?)

あまりにショックを受けるような体験をすると、自己防衛のために感情を封じようとすることがあると前に読んだ本に書いてあった。

オルタンシアだって人を簡単に惨殺する教団に誘拐された直後は、何もかもが夢の中のようなぼんやりとした心地を味わったのだ。

(きっとお兄様は、自分を守るためにゆっくりゆっくり心を凍らせてしまったんだ……)

オルタンシアはそっとジェラールの手を握り締める。

その手はひんやりしていた。

「お兄様の手、冷たいですね。でもご存じですか？　私のママが教えてくれたんですけど、手が冷たい人は逆に心が温かいそうですよ！」

「……人間の体温は性別や年齢、体質や体調によって変わる。ただの迷信だろう」

「もー！　私はこういうロマンチックな言説を信じたいんです！」

ぷんぷんと憤慨するオルタンシアに、ジェラールのまとう空気が少し柔らかくなったのを感じた。

……少しずつでもいい。

彼の凍り付いた心を、溶かしていきたいと思う。

だから、今は……。

「ねぇ、お兄様。私たち……はんぶんこにしましょう」

「は？」

また妙なことを言いだしたな……とでも言いたげに眉をひそめるジェラールに、オルタンシアは必死で説明を加えた。

「ママがよく言ってたんです。楽しいことも悲しいことも、大切な人とはんぶんこにすれば幸せになれるって。だから私とお兄様ではんぶんこです！」

そう言ってオルタンシアは満面の笑みを浮かべてみせた。

「何か楽しいことがあったら、私はお兄様に報告します。それで、思いっきり笑います。それで、少しでもお兄様が楽しい気持ちになったら嬉しいなって」

「……それは何かの哲学か？　どの流派だ？」

「必要とあらば私がオルタンシア派の開祖になってみせます！」

「……そうか」

ジェラールが突っ込んでくれなかったのを少し残念に思いながら、オルタンシアは続ける。

「忘れないでくださいね、お兄様。私たち、はんぶんこなんですから。楽しいのも悲しいのも一緒です」

「……あぁ」

ジェラールが本当に納得したのかはわからない。ただ単にオルタンシアがわけのわからないことをのたまうので、適当に話を合わせただけなのかもしれない。

だが確かなのは、オルタンシアが握っていた手をほどいたかと思うと、しっかりとジェラールの方から繋《つな》ぎなおしてくれたということだった。

「そろそろ暗くなってきた。戻るぞ」

「はい、今度はヤギの放牧場を案内してくださいね！」

「……時間があったらな」

気が付くと、空には既に星が輝き始めていた。

その中で、寄り添うように瞬く双子星を見つけ……オルタンシアは静かに微笑んだのだった。

◇◇◇

翌日には、ジェラールはギャンヌ夫人に対する処罰を言い渡していた。

――地位や財産をすべて没収したうえで、辺境への追放。

それが、ギャンヌ夫人に科せられた罰だった。

「この私が辺境追放ですって⁉　よくもそんな……お考え直しくださいジェラール様！　私は何十

年も献身的にカトリーヌ様にお仕《つか》えしたのですよ⁉　それなのにこの仕打ちとは……その汚らわしい娼婦《しょうふ》の娘の入れ知恵かしら！」

「オルタンシア様になんてことを！　口を慎め！」

「触らないで！　汚らわしい……！　どうして私がこんな目に──」

血走った目で喚《わめ》くギャンヌ夫人が、護送馬車に詰め込まれていく。

その光景を、オルタンシアはジェラールの隣で眺めていた。

いくら公爵夫人に長年仕えた女性といえども、彼女の行為は許されないことだ。

だがジェラールに任せておけば「ここで処刑する」などと言いだしかねないので、オルタンシアは事前に「このきれいな領地が血に染まるなんて嫌ですからね！」と騒いでおいた。

その結果、辺境への追放とあいなったのである。

「……反省、してくださるといいんですけど」

ぽつりとそう呟くと、ジェラールはぽん、とオルタンシアの頭に手を置いた。

「ある意味、処刑よりも効くだろうな」

「なぜですか？」

「あの者は主家の人間であるお前を侮辱し、誇りを穢《けが》そうとした。ただ処刑しただけでは自らの犯した罪の重さを実感することもないかもしれない。ああするのが、あの者のプライドが一番傷つくのは間違いない」

「わぁ……」

温情を与えたわけではなく、むしろ彼女が一番苦しみそうな方法を選んだ結果だとは。

確かにギャンヌ夫人はプライドが高く、財産を没収のうえ辺境への追放など死ぬよりもつらい罰だろう。

（たぶん、お兄様の私怨も混じってるよね……）

兄はいつもながらに、何を考えているのかわからない涼しい顔をしている。

だが、幼いころに自分を苦しめた一端であるギャンヌ夫人を追放したことで、少しでも気が晴れたのだろうか。

（ギャンヌ夫人には悪いけど、そうならいいな……）

喚き散らすギャンヌ夫人を乗せた護送馬車が、ゆっくりと遠ざかっていく。

その光景を見送ると、ジェラールはくるりと館の方を向く。

「お兄様、どちらへ？」

「領の財政状況に関しての確認を――」

「だめです」

オルタンシアは両手を広げ、ジェラールの前に立ちふさがった。

そんなオルタンシアを見下ろし、ジェラールは少しだけ困ったように眉根を寄せた。

「……なんのつもりだ」

「お兄様、昨日もずっとお仕事に出られていたじゃないですか。今日はもうギャンヌ夫人の処罰という大仕事を終えたのだから、しっかり休むべきです！」

「このくらいは仕事のうちに入らない」

「入ります！　それに、昨日私にヤギの放牧場を案内してくれるって言ったじゃないですか！すっごく楽しみにしてたのに!!」

（よし、かわいそうな妹モード発動よ！）

オルタンシアはジェラールの服の裾《すそ》をぎゅっと握って、表情を隠すように俯《うつむ》く。

そして、精一杯悲しげな声を絞り出してみせた。

「お兄様が案内してくださるの、楽しみだったのに……」

実際そこまでヤギの放牧場に興味があるわけでもないが、オルタンシアにはジェラールを休養させるという一大任務があるのだ。

（必殺！　お母様直伝「嘘泣《うそな》き！」）

「お兄様は、シアのこと嫌いになっちゃったんですか……？」

うるうると目に涙をため、顔をあげる。

すると、ジェラールは明らかにたじろいだ。

「……なぜ泣く必要がある。そこまでヤギが好きだったのか」

「違います……。お兄様がシアのこと嫌いになっちゃったかと思って不安なんです……！」

えーん、と手で顔を覆うと、ジェラールは大きくため息をついた。

さすがにやりすぎたか……とオルタンシアは焦ったが――。

「……わかった。ヤギを見に行くぞ」

「わっ⁉」

急激な浮遊感に襲われたかと思うと、オルタンシアはジェラールに抱き上げられていた。

ジェラールはそのまま、すたすたと昨日歩いた道へと進んでいく。

「じ、自分で歩けますお兄様！」

「……俺は」

「え？」

「俺は、嫌いな奴《やつ》にわざわざ触れたりはしない。時間を割くこともない」

それはつまり、こうしてオルタンシアを抱き上げ、ヤギの放牧場を案内してくれるということは
……少なくともオルタンシアのことが嫌いではないということだ。

（ひゃあぁぁぁ……）

本人からそう宣言されると、嬉しさとともに無性に恥ずかしさがこみあげてくる。

オルタンシアは顔を真《ま》っ赤《か》にして、ぎゅっとジェラールの肩に顔を埋めた。

そんな兄妹《きょうだい》の姿を見て、城館の使用人たちは呆気《あっけ》に取《と》られていた。

ジェラールとオルタンシアの姿が完全に見えなくなったあたりで、使用人たちはひそひそと囁《ささや》き

合う。

「あれは本当にジェラール様なの?」

「あの鉄面皮《てつめんぴ》のジェラール様が……」

「まさか、妹君にはデレデレだなんて……!」

「でも、なんかいい……」

誰かが発したその言葉に、使用人たちは静かに頷き合った。

昔から仕えていた年配の使用人は、母に冷遇され感情を凍らせていたジェラールが素直にオルタンシアに愛情表現をしてみせたことに涙した。

ジェラールの幼少期を知らない年若い使用人は、普段は恐ろしく冷徹な公爵令息が天真爛漫《てんしんらんまん》の妹にはタジタジというギャップに(いい意味で)悶絶《もんぜつ》していた。

かくして、オルタンシアは自分の知らない間に領主館の使用人のほとんどに応援されることとなったのである。

(なんかみんなが優しい気がする……。なんで……?)

ヤギの放牧場から帰ってきた途端、多種多様のデザートと共に笑顔で使用人たちに出迎えられ、オルタンシアは内心で首をかしげた。

(でも……まぁいっか!)

デザートはおいしいし、皆が優しくしてくれるのはありがたい。

公爵領の特産品である高原牛乳を使用したプリンのまろやかさに舌鼓《したつづみ》を打ち、オルタンシアはにまにまと笑みを浮かべるのだった。

◇◇◇

公爵領に滞在中ずっと、オルタンシアとジェラールの攻防は続いた。

とにかくジェラールをいろいろなところへ連れ出し、リフレッシュ休暇を取らせようとするオルタンシアと、相変わらずワーカホリック気味のジェラール。

オルタンシアの企《くわだ》てがうまくいくこともあれば、「今は忙しい」とすげなく断られることもある。

勝率は五分五分……いや、オルタンシア側に勝利の女神が微笑むことがやや多いだろうか。

ジェラールに教えてもらい、オルタンシアははじめて乗馬に挑戦した。牛の乳搾りにも挑戦した。

いつも通り無表情で、それでもリズミカルかつ的確に牛の乳を搾る兄の姿には感銘を受けたものだ。

ジェラールやパメラと領内の様々な場所へ出かけたり、チロルと思いっきり公爵邸の庭園を駆けまわっていたらうっかり森に入り込んで迷子になったり、領主館の使用人たちにいろいろな話を聞かせてもらったり……。

とにかく、そんなふうにオルタンシアは領地への滞在を存分に楽しんでいたのである。

そして気が付けば、王都へ帰る日がやってきてしまったのである。

「はぁ、早かったなぁ……」

何度も何度も涙ながらに見送る人々に手を振り、荘厳な城館の姿が見えなくなったところで……

オルタンシアは一抹の寂しさを覚えながらも馬車の席に深く腰を下ろした。

「連れてきてくださってありがとうございます、お兄様。とても楽しかったです！」

笑顔で礼を言うと、向かいに腰掛けたジェラールは静かに口を開く。

「またいつでも来られる」

「仲良くなった仔馬《こうま》、私のこと覚えていてくれるでしょうか……」

「さぁな」

ジェラールの返答はつれないが、彼が柔らかな空気をまとっているのが感じられた。

なんだかんだで、彼も今回の滞在でそれなりにリラックスできたのではないだろうか。

(王都に帰ったら、私も頑張らないと！)

兄がまた無理しないように、少しでも彼の仕事を手伝えるようになりたい。

静かに窓の外を眺める兄を見つめながら、オルタンシアはそう決意したのだった。

◇◇◇

オルタンシアとジェラールが王都へ戻ったころには、もう冬の足音が近づいてきていた。

『遅いぞ、シア！』

「待ってよチロル～」

公爵邸の庭を元気よく駆けまわるチロルを、オルタンシアはひぃひぃ言いながら必死に追いかけた。

領地での滞在中に自由にさせすぎたせいか、王都の公爵邸では少し大人しかったチロルもすっかりやんちゃになってしまった。

（まぁ、私も運動不足解消になるからいいんだけどね）

元気いっぱいのチロルを追いかけまわすのはなかなか疲れるが、引きこもり気質のオルタンシアにとっては、貴重な外へ出て運動する機会にもなる。

今日も美しく咲き誇るシャングリラの花の匂いを嗅ぐチロルを眺めながら、オルタンシアはくすりと笑った。

だが、冷たい風が吹き抜けてオルタンシアは思わずぶるりと震えてしまう。

「ねぇチロル、寒くない？」

『まったく寒くないぞ。シアは弱いな！』

「も～、チロルはもふもふの毛があるからでしょ！　ぎゅっとしちゃうんだから！」

チロルを持ち上げてぎゅっと抱きしめると、ふわふわの体毛と温かな体温がオルタンシアの心と体を癒してくれる。

最初に望んだように、オルタンシアが危機的状況に陥《おちい》ったときの戦闘手段としてチロルが役に立つかどうかには少し疑問があるが……少なくとも、かけがえのない友人として、更にはアニマルセラピー的な作用をもたらしてくれるのは確かだ。

(もうすぐ年が明けて、少ししたら……お兄様は学院へ進学してしまう)

貴族の令息の通う学院は、勉学に集中するためか王都から離れたところにあり、全寮制となっている。

長期休暇には帰ってくるだろうが、今のように頻繁《ひんぱん》に顔を合わせることもなくなるのだ。

「寂しくなるなぁ……」

一度目の人生では、まったくそんなことは思わなかった。

むしろジェラールが屋敷からいなくなると聞いて、これで息がしやすくなると安堵《あんど》したものだ。

(そう考えると、お兄様との関係は信じられないくらいうまくいってるなぁ)

これなら、万が一前の人生と同じ流れを辿《たど》って冤罪《えんざい》をかけられても、ジェラールはオルタンシアを庇《かば》ってくれるだろうか。

(いやいや。そもそも妃《きさき》候補にならないのが一番なんだけどね!)

しかし王宮から打診があったとして、断れるものなのだろうか。

（先に誰かと婚約しちゃうのが一番だと思うけど、まったく相手が思い浮かばない……）

一度目の人生で絶賛引きこもりだったオルタンシアには、「この人と結婚したら幸せになれそう……」などという相手はまったく思いつかなかった。

父をも納得させる相手となると、それなりの家柄も必要になってくるだろう。

やはり、少しずつでも社交界に顔を出し、めぼしい相手を探した方がよさそうだ。

（はぁ、この歳で婚活を考えないといけないなんて……）

思わずため息をこぼし、オルタンシアは癒しを求めてチロルのもふもふに顔を埋め大きく息を吸うのだった。


あっという間に冬の気配は色濃くなり、冬至祭を迎えるころには屋敷の庭もうっすらとミルク色に染まるほどだった。

冬至祭のごちそうは思い出すだけでよだれが出そうになるほどおいしかったし、父もジェラールもオルタンシアに贈り物をくれた。

父がくれたのはオルタンシアが好みそうな様々なジャンルの書物だ。

どうやら書庫の管理人にリサーチをして、オルタンシアが好む本をチェックしてくれていたようだ。

ジェラールは、チロルにそっくりな可愛《かわい》らしい猫のぬいぐるみ、それにオルタンシアが頭からすっぽりかぶれそうな防寒マントをくれた。

チロルはぬいぐるみを気に入ったようで一緒に寝ており、防寒マントはオルタンシアが庭を散歩するときに大活躍している。

もちろん、オルタンシアも二人に贈り物をした。

父には健康祈願のお守り、兄には特注の万年筆だ。

父は上機嫌で喜んでくれたし、ジェラールも心なしかいつもより長くオルタンシアの頭を撫《な》でてくれた。

……公爵家に引き取られてから、こんなふうに、温かな家族のように冬至祭を過ごせたのははじめてだった。

そのせいか、その夜オルタンシアはベッドに入り毛布にくるまって目を閉じても、なかなか眠れなかった。

（こんなに楽しい冬至祭は久しぶりだな……）

母が生きていたころ以来かもしれない。

オルタンシアは父とジェラールにとって、家族になれたのだろうか。

（ずっと、こんな日が続けばいいのに……）

そう願っても、時間は止まってはくれない。

いずれ来たるであろう凶事を避けるために、精一杯あがいてみせなければ。

「よし、頑張らなきゃ！」

今一度決意を新たにし、オルタンシアはぎゅっと目を閉じた。

◇◇◇

冬至祭が過ぎ新年を迎えると、この国の貴族にとってはなくてはならない行事がある。

国内の貴族がいっせいに王都に集まり、順々に国王へ謁見《えっけん》し新年を祝う挨拶を述べるのだ。

社交シーズンの幕開けでもあり、地方の貴族などはこの機会に人脈を広げようと奮闘するのだという。

（ということは、私の婚活の下見くらいにはなるかも……）

父や兄は「無理をしなくていい」と何度も言ってくれたが、オルタンシアは反対を押し切って新年の謁見に参加することを決めた。

「だってお父様、私が行かないと、公爵家の一員だって国王陛下に認めてもらえないような気がして……」

しおらしくそう口にすると、父は困ったように笑う。

「そんなことを気にしなくても、君が私の娘であることに変わりはないよ」

「でも、行きたいんです！」

「君がそういうのなら止めはしないが……怖くはないのかい？」

父が何を危惧しているのか、オルタンシアにはもちろんわかっている。

誘拐され、あと一歩で死ぬような恐ろしい思いをしたのは記憶に新しい。

もちろん、怖くないわけがない。だが……。

(それでも前に進まなきゃ、きっと未来は変えられないもの)

そう決意し、オルタンシアはにっこりと笑ってみせた。

「だって、今度はお父様もお兄様も一緒にいてくださるのでしょう？　だったら、何も怖くありません！」

そう言うと、父はやれやれというように肩をすくめた。

「まったく、君には敵《かな》わないな……。聞いたかい、ジェラール？」

「えっ⁉」

おそるおそる背後を振り返ると、無表情で兄がこちらを見下ろしていた。

(お兄様！　いつの間に⁉)

まったく彼が近づいてきていることに気づかなかったオルタンシアは狼狽《ろうばい》した。

そんなオルタンシアと、相変わらず無表情のジェラールを交互に見つめ、父はにやにやと笑っている。

「我らのお姫様は果敢にも戦場に向かうようだよ」

「いえ、これはその……」

反射的に弁解しようとしたオルタンシアの方へ、ジェラールはぬっと手を伸ばしてくる。

とっさに目を瞑《つむ》ると……ぽん、と頭に優しく手が乗せられた。

「……絶対に俺から離れないと約束しろ。でないと連れては行かない」

「え……？」

顔をあげると、ジェラールは変わらずに無表情でこちらを見下ろしていた。

だが、澄んだその瞳に……わずかながらも、オルタンシアを心配するような光が宿っている。

前の彼だったら、何が何でもオルタンシアの同行を阻止しようとしただろう。

だが、今は……。

(私のことを、信用してくれてるんだよね……)

そう思うと嬉しくなって、オルタンシアはぎゅっとジェラールに抱き着いた。

「はい！　お兄様から離れません！」

ジェラールは少し困ったようにオルタンシアから視線を逸《そ》らしたが、それでもしがみつく妹を無理に引きはがそうとはしなかった。

王宮の前にたどり着くと、既に多くの馬車でごったがえしていた。

「すごい人ですね……」

「なにしろ国中の貴族が集まるからね。我々四大公爵家の者は特別な入り口から入ることができるから、心配しなくても大丈夫だよ」

「はい、お父様」

馬車のカーテンからちらりと外をのぞき、オルタンシアは嘆息する。

（ついに、王宮に来てしまった……）

オルタンシアの命が終わった場所。ここには良い思い出はまったくといっていいほどない。

できれば、もう二度とここへは来たくなかった。

荘厳な王宮を目にするだけで、少しだけ体が震えてしまう。

（ううん……私はここに死にに来たわけじゃない、生き残るために来たんだから）

今日はあくまで下見だ。父も兄も一緒にいるのだし、何も恐ろしいことはない。

そう自分に言い聞かせ、オルタンシアは大きく息を吸う。

「……緊張しているのか」

「は、はい！」

不意にジェラールからそう問われ、オルタンシアはひっくりかえった声で返事をした。

その反応に、父がくすくすと笑う。

「そう緊張しなくても大丈夫だよ。君は私の自慢の娘だ。誰にも文句は言わせないさ」

「…………はい」

（やっぱり、お父様とお兄様は頼りになるなぁ……）

二人が味方でいてくれることのありがたさをしみじみと感じながら、オルタンシアは大きく頷いた。

（お父様だって、今は全然元気に見えるんだよね……。なのにどうして……）

ほんの数年後、彼は病に倒れ、帰らぬ人となる。

あまり父とも接触がなく、父が倒れた際には王宮にいたオルタンシアには、彼の身に何があったのかはわからない。

（でも、今ならお父様の運命だって変えられるかもしれない。ううん、絶対変えなくちゃ！）

二度目の人生を経《へ》て、オルタンシアは父と兄のことが前よりもずっと大好きになった。

だからこそ、自分だけでなく二人のことも守りたいと思うのだ。

「着いたようだね。さぁ、お手をどうぞ」

「ありがとうございます、お父様」

父に手を取られ、オルタンシアは馬車を降りた。

見上げた先には、荘厳な王宮がそびえたっている。

気を落ち着けるように深呼吸をして、オルタンシアは意を決して足を進めるのだった。

オルタンシアたちが門をくぐったのは高位貴族専用の入り口であり、新年の謁見に訪れた多くの貴族とは動線からして異なっているようだった。

表はあれだけ人でごったがえしていたというのに、今進んでいる回廊にはわずかな衛兵以外の人影は見当たらない。

（ものすごい特別待遇……それだけ、王家も四大公爵家の機嫌を損ねたくないんだよね）

四大公爵家は建国より続く名家であり、どの家も王家とは縁戚関係にあたる。

四大公爵家に娘が生まれれば、当然のように年齢の見合う王族へ嫁《とつ》ぐことが検討されるし、逆に王女が四大公爵家へ降嫁《こうか》した例も多々ある。

つまりは四大公爵家の機嫌を損ねれば、王位継承権を主張され反乱を起こされる可能性もなくはないのだ。

王家はそれを恐れ、四大公爵家への特別待遇を欠かさないのだろう。

ぼんやりとそんなことを考えながら、父や兄から少し遅れ、控えの間へ足を踏み入れようとしたときだった。

「シア！」

上空から声が聞こえ、オルタンシアは反射的に上を見上げた。

そして、凍り付いた。

オルタンシアの姿を見つけ、一心不乱に螺旋《らせん》階段を駆け下りてくる少年。

……その姿には、見覚えがあった。

（そうだ、ここは王宮。ここに来れば、当然「彼」に遭遇する可能性だってあったのに……！）

逃げなくては。

そうわかっているのに、まるで地面に根を張ってしまったかのように足が動かない。

そうこうしているうちに、螺旋階段を下りきった少年がオルタンシアの目の前へとやってくる。

彼は嬉しそうにオルタンシアの手を握り、目を輝かせた。

「やっと会えた、シア……！　やっぱり夢じゃなかったんだ‼」

全身で喜色をあらわにする少年とは対照的に、オルタンシアは血の気が引いて、今にも倒れそうなほどだった。

そんなオルタンシアの様子をどう思ったのか、目の前の少年はなおも畳みかける。

「僕のこと忘れちゃった？　ヴィクトルだよ！　一緒に秘密基地で遊んだじゃないか！」

……忘れるわけがない。目の前の少年――ヴィクトル王子は、一度目の人生でオルタンシアの死に深く関わることとなった人物なのだから。

二度目の人生を生き残るために、もっとも関わってはいけない人物だといっても過言ではない。

オルタンシアは己の迂闊《うかつ》さを呪わずにはいられなかった。

一度目の人生で彼と出会うよりもずっと早くに会ってしまうなんて！

「ここにいるってことはシアも貴族の子なの？　この通路を使うのは高位貴族だけだよね？　シアはどこの家の子？」

興味津々といった様子で、ヴィクトルは矢継ぎ早に質問を繰り出してくる。

その態度に、オルタンシアは恐怖で震えあがった。

（まずいまずいまずい……！）

彼にオルタンシアへの興味を抱かせてはいけない。

絶対に、妃候補を集める段階で彼の口からオルタンシアの名が挙がるようなことはあってはいけないのだ……！

（どうしよう、どうすればいいの……！）

考えれば考えるほど、思考がもつれて焦りばかりが募っていく。

オルタンシアは目を見開いたまま、唇を震わせることしかできなかった。

そんなオルタンシアを不審に思ったのか、ヴィクトルがオルタンシアの顔に触れようと手を伸ばしてくる。

反射的に、オルタンシアはぎゅっと目を瞑ってしまった。

その直後——。

「何をしている」

まるであたり一帯を凍土に変えてしまいそうな、低く冷たい声が響く。

おそるおそる目を開けたオルタンシアの視界に映るのは、頼もしい背中——義兄ジェラールが、オルタンシアを庇うようにヴィクトルの前へ立ちふさがっていたのだ。

第９章　オルタンシアの決意

恐慌状態のオルタンシアを庇《かば》うかのように、義兄ジェラールはヴィクトル王子の前に立ちはだかっている。

ヴィクトルは突然現れたジェラールの存在に気圧《けお》されたかのように息をのんだが、すぐに果敢に言い返した。

「君は……ヴェリテ公爵家の？　悪いけど、そこをどいてくれないかな」

「……王子殿下、お控えください。怯《おび》える人間を更に追い詰めるのが王家のやり方ですか」

「僕とシアは友達なんだ！　邪魔をしないでくれ‼」

さすがは皆に愛されて育った王子というべきだろうか。

こんなに冷たい空気をまとうジェラール相手に食ってかかるとは、命知らずとしか言いようがない。

だが、もちろんジェラールとて王子が相手でも怯《ひる》むような人間ではない。

「……そうですか。それが王家のやり方ですか」

「っ……！」

ジェラールがまとう空気がいっそう冷たくなる。

……ジェラールは本気で怒っている。

そう感じ取ったオルタンシアは焦《あせ》った。

(まずい、なんとかお兄様を止めないと……!)

いくら相手が王子だとはいえ、ここでジェラールが暴走しないとは限らない。

そうなったら、ヴェリテ公爵家が大変なことになってしまう……!

(私のせいで……そんなの駄目……!)

オルタンシアはとっさに、引き止めるようにぎゅっと彼の背中にしがみついた。

一触即発の緊張感に満ちた空気が漂う、そんな中——。

「おやおや、これはこれは……」

この場の空気にそぐわない、おおらかな声が響く。

まさに天の助けとばかりに、オルタンシアはぱっと顔をあげた。

(お父様……!)

現れたのは、オルタンシアとジェラールの父、ヴェリテ公爵だった。

彼はヴィクトルと睨《にら》み合《あ》うジェラール、それにジェラールの背後に隠れたオルタンシアに視線をやり、一瞬で状況を把握したようだった。

「大丈夫かい、オルタンシア。緊張して気分が悪くなってしまったのかな。気が付かなくて済まなかったね」

父はゆっくりオルタンシアたちのもとへ歩いてくると、すぐにジェラールに声をかけた。

「ジェラール、この後のことは私に任せてオルタンシアを連れて屋敷《やしき》へ戻りなさい」

とりあえずジェラールとヴィクトルを引き離すべきだと考えたのだろう。

父は手早くそう指示し、ジェラールも頷《うなず》いた。

「行くぞ」

ジェラールはオルタンシアを抱き上げ、オルタンシアもぎゅっと義兄にしがみついた。

「待ってよシア！　僕のこと覚えてるよね⁉　シア‼」

足早にその場から立ち去るジェラールの背後から、必死なヴィクトルの声が聞こえてくる。

だがオルタンシアは返事をしなかった。

ただ父がなんとか場を収めてくれることを祈りながら、小さな体を震わせることしかできなかったのだ。

必死にオルタンシアを呼ぶヴィクトルの声と、彼を宥《なだ》める父の声がだんだんと小さくなっていく。

オルタンシアを抱えたまま王宮を出たジェラールは、すぐさま公爵家の馬車に乗り屋敷へ戻るように指示をする。

馬車の扉が閉められ、オルタンシアはやっと呼吸を落ち着けることができた。

馬車が走り出し、オルタンシアが落ち着きを取り戻したのを見て……ジェラールはぽつりと問いかけてきた。

「……いつ、ヴィクトル王子と知り合ったんだ」

「チロルと契約して、精霊界から帰ってくる途中で……間違って王宮の敷地《しきち》内に出ちゃったことがあったの……」

そこでヴィクトルと言葉をかわしたことがあると説明すると、ジェラールは形のよい眉をひそめた。

「それにしては、ずいぶんと怯えていたな」

「……王家の人は怖いから、関わりたくないんです」

オルタンシアの脳裏に、前世で体験した数々の悲惨な記憶が蘇《よみがえ》る。

ヴィクトルが悪いわけではない。

そうわかっていても、やはり怖いものは怖いのだ。

彼と関わってしまったら……また同じ末路を歩んでしまうかもしれない。

自らを抱きしめるようにしてガタガタと体を震わせるオルタンシアに、ジェラールはぬっと腕を伸ばす。

そして……。

「わっ⁉」

彼の膝《ひざ》の上に抱えあげられ、オルタンシアは素《す》っ頓狂《とんきょう》な声をあげてしまった。

「お兄様……？」

おそるおそる顔をあげたオルタンシアを、ジェラールは感情の読めない瞳で見つめている。

もしやヴィクトルとの出会いを黙っていたのを怒られるのでは……とオルタンシアはびくりと身をすくませたが――。

「……お前は、あの王子と関わりたくないんだな」

降ってきたのは、存外優しい響きの言葉だった。

「は、はい……」

オルタンシアがおずおずと頷くと、ジェラールは若干ぎこちない手つきでオルタンシアの背を撫《な》でた。

「…………わかった」

またいつもの、何が「わかった」なのかよくわからない「わかった」だった。

だが、オルタンシアは安心したように義兄の胸元に身を預けた。

（……不思議、前はあんなに怖かったのに……お兄様がそう言ってくれると安心できる……）

彼が「わかった」と言ったのだ。きっと、何らかの対処をしてくれるのだろう。

「あっ、でも……王家と公爵家の関係にヒビが入りそうなことはやめてくださいね」

念のためそう言うと、ジェラールは少し気まずそうに視線を逸《そ》らした。

「……善処する」

「絶対ですよ！　お兄様!!」

（いったい何をする気だったのー!?）

ジェラールの内なる計画に少し怯えつつ、オルタンシアは何度も何度も義兄に釘《くぎ》を刺すのだった。

◇◇◇

オルタンシアとジェラールからは時間を置いて、父も屋敷へ戻ってきた。

彼は戻ってきてすぐにジェラールを執務室へ呼んでいた。

何か大事な話があるのかもしれない。

『大丈夫か、シア？』

「……うん。ありがとうね、チロル」

『何か困ったことがあったら僕に言え！　すぐにやっつけてやるからな！』

チロルは勇ましくそう言ったが、その姿は愛らしい子猫にしか見えない。

オルタンシアはくすりと笑って、チロルの柔らかい体を抱き上げた。

（……うん。きっと大丈夫、だよね）

こんなに早くヴィクトルと邂逅《かいこう》してしまうとはオルタンシアの予想外だった。

……今後はなんとしても、彼と距離を取らなければ。

ソファに腰掛けただひたすらチロルのブラッシングに興じていると、慌てた様子でパメラが駆けてくる。

「お嬢様、旦那様が執務室でお呼びです……！」

「今行くわ」

チロルをパメラに預け、オルタンシアは立ち上がった。

父がわざわざオルタンシアを執務室へ呼ぶときは、たいてい大事な話があるのだ。

（今日のこと、だよね……）

戦々恐々としながらも、オルタンシアは意を決して部屋の外へと足を踏み出した。


「いきなり呼び出して済まなかったね、オルタンシア。そこへ座りなさい」

父はいつもと変わらず、穏やかな面持《おもも》ちでオルタンシアを迎えてくれた。

ごくりと唾を飲み、オルタンシアは執務室の少し硬めのソファへ腰を下ろした、

「……ジェラールに大まかないきさつは聞いたよ。大変だったようだね」

「…………ヴィクトル王子にお会いしたこと、黙っていてごめんなさい」

オルタンシアが小さな声でそう謝ると、父は「気にしなくてもいい」とでもいうように鷹揚《おうよう》に首を横に振ってみせた。

「あのときは特殊な状況だったからね。下手に広めたら不法侵入で君に咎《とが》が及びかねなかった。案

外、黙っていたのは賢明な選択かもしれないな」

父の言葉はきっとオルタンシアを慰《なぐさ》めるための気やすめだろうが、それでもオルタンシアの心が少し軽くなったのは事実だ。

「君とジェラールがあの場を去った後、少しヴィクトル殿下と話をしたんだ。……どうやら彼は、また君に会いたがっていているようだよ」

「っ……！」

オルタンシアは表情をひきつらせ、ぎゅっと膝に置いた手を握り締めた。

その反応に、父はすっと目を細める。

「だが……君は、あまり彼に会いたくなさそうだね」

「…………私は公爵家に来たばかりで、王子様の話し相手なんて務まるわけがありません。何か粗《そ》相《そう》をして、お父様やお兄様に迷惑をかけてしまうに決まってます……！」

オルタンシアは必死にそう絞り出したが、父がどう出るかは想像がつかなかった。

元々彼が自分の血の繋《つな》がった娘かどうかも怪しいオルタンシアを迎え入れたのは、有力者に嫁《とつ》がせる駒という意味合いもあったはずだ。

だからこそ、恐ろしい。

ヴィクトルがオルタンシアに興味を示したのをいいことに、彼に差し出されてしまうのではないかと……。

青白い顔で俯《うつむ》くオルタンシアを見て、父は小さく息を吐く。

「そうか……」

まるで、一度目の人生で死刑宣告を受ける少し前のような気分だ。

爪の跡がつくほど強く拳《こぶし》を握り締めたオルタンシアに降ってきたのは……思いのほか、優しい言葉だった。

「それなら、ヴィクトル殿下にはお話ししなければいけないね。我が娘にはまだ静養が必要なので、王子の話し相手は難しい……と」

「え……？」

思わず顔をあげたオルタンシアに、父は優しく笑う。

「ジェラールとも話していたんだ。あと少しで、彼は学院に進学し家を出るだろう。それと同じタイミングで、君には公爵領の方で静養してもらってはどうかとね」

「公爵領で……ですか？」

「あぁ、王都にいても、残念ながら私もなかなかここに帰れず、君に寂しい思いをさせるだろう。それよりは、自然豊かな公爵領の方が気はまぎれるのではないかと思ってね。……あそこなら、余計な誘いを受けるようなこともないだろう」

ぽかんとしていたオルタンシアは、徐々に父の言葉の意味を理解し始めていた。

つまりは、静養という理由を付けて物理的にヴィクトルから距離を取らせてくれるのだろう。

オルタンシアからすれば、願ってもない状況だ。だが……父としては、それでいいのだろうか。

彼からすれば、オルタンシアをヴィクトルに売り込む千載一遇のチャンスだというのに、やり手の彼がその機会をフイにするのが信じられなかった。

「良《い》いのですか……?」

おそるおそるそう問いかけると、父は目を細めて笑う。

それは、紛れもなく誰かを慈《いつく》しむ目だった。

「ジェラールの不在時に君に何かあったら、あの子がどんなふうに暴れるのか私も考えたくないからね。それに……」

父は立ち上がり、オルタンシアの隣に腰掛けた。

そして、優しい手つきで頭を撫でてくれる。

「私とて、愛《いと》しい娘が苦しむような姿は見たくないんだ」

その言葉と、優しい手つきに……オルタンシアの胸は熱くなる。

「…………ありがとうございます、お父様」

ぎゅっと父の胸に顔を埋めると、彼は優しくオルタンシアを抱きしめてくれた。

(血が繋がっていなかったとしても……この人は、私の「お父様」なんだ)

この日、オルタンシアは確かにそう感じたのだった。

◇◇◇

再びオルタンシアは屋敷の中へ閉じこもり、公爵領行きの準備を進めていた。

兄が全寮制の学院へ進学するのとほぼ同時に、オルタンシアもこの屋敷を発《た》つことが決まっている。

（そう考えると、お兄様とこんなふうに一緒にいられるのもあと少しだけか……）

オルタンシアは少しの寂しさを覚えながら、横目でちらりと散歩に付き合ってくれているジェラールを眺《なが》めた。

『おいっ、もっと優しく抱っこしろ！　僕の内臓が出たらどうするんだ‼』

「……威勢のいい猫だな。だが、もう少し躾《しつけ》をした方がいい」

フシャー！　と短い前足でジェラールを引《ひ》っ掻《か》こうとあがくチロルと、そんなチロルを握りつぶすのではないかとひやひやするような持ち方をしているジェラール。

そんな一人と一匹の微笑《ほほえ》ましい（？）光景を見て、オルタンシアは頬を緩めた。

「ふふ、チロルにもよく言っておきますね。それで……お兄様は、もう学院へ行く準備は終わったんですか？」

「あぁ、とっくの昔に済ませている」

（さすがだなぁ……）

今もパメラと二人、荷造りに追われているオルタンシアとしては、感心してしまうほどだ。

……彼はいつもそうだった。完璧で、他者の助けなど必要とはしないのだ。

そんな彼のことだから、しばらく会わなかったらオルタンシアのことなど忘れてしまうかもしれない。

急にそんな思いにかられて、オルタンシアはおずおずと口を開く。

「あの……お兄様。お兄様が学院へ行ったら、手紙を書いてもいいですか……？」

ジェラールは足を止めなかった。オルタンシアの方を振り向きもしなかった。

だが、確かに彼は、オルタンシアの問いかけに答えてくれた。

「構わない」

「……ありがとうございます、お兄様！」

オルタンシアは嬉《うれ》しくなって何度も何度もお礼を言った。

(たくさん手紙を送っていれば、きっとお兄様も私のこと覚えていてくれるよね……)

彼の返事を貰《もら》いたいなどと大それたことは願わない。

ただ、送られてくる手紙をジェラールが目にして、少しでもオルタンシアの存在を忘れずにいてくれればそれでいいのだ。

「私、いっぱいお手紙書きますね！」

「……あぁ」

ジェラールの返事はいつも通りそっけないものだったが、オルタンシアの心はぽかぽかと温かった。

慌ただしく日々は過ぎていき、あっという間にジェラールが発つ日がやってきてしまった。

「ぐすっ……お兄様、お元気で……」

感極まったオルタンシアは早々にぐすぐすと泣いていたが、ジェラールの方はいつもと変わらず涼しい顔をしていた。

「ほら、オルタンシア。せっかくのジェラールの門出《かどで》だ、笑顔で見送ってあげようじゃないか」

「はい、お父様……」

ずびずびと鼻をすすりながら、オルタンシアは懸命に顔をあげた。

「お兄様っ……！　どうか……お元気でいてくださいね！」

「……あぁ」

「寝るときは体を冷やさないようにしてくださいね⁉」

「……わかった」

「甘いものを食べた後はちゃんと歯磨《はみが》きをしてくださいね……！」

「……了解した」

亡き母に言い聞かせられていた生活の基礎についてジェラールに伝授していると、苦笑した父がオルタンシアを抱き上げてくれる。

「はは、オルタンシアはしっかり者だね。ジェラール、どうか君の可愛《かわい》い妹を悲しませることがないように頼むよ」

ジェラールは小さく頷いた後、一歩距離を詰めてまっすぐにオルタンシアを見つめた。

「お前も……」

「は、はい……」

「お前も、気を付けろ。面倒な奴《やつ》がいたらすぐまわりに始末を頼め。ヴェリテ公爵家なら簡単にもみ消せるから心配はするな」

(どんなアドバイス⁉)

斜め上の恐ろしいアドバイスに震えあがっていると、いよいよ出発の時間になってしまった。

ジェラールが馬車に乗り込み、ゆっくりと扉が閉められる。

「いってらっしゃい、お兄様……! どうか、お元気で……!」

ゆっくりと馬車は走り出し、オルタンシアは懸命に遠ざかっていく馬車に向かって叫んだ。

やがて馬車は見えなくなる。そうなるとしばらくジェラールに会えないんだという寂しさがこみあげ、オルタンシアはまたしても涙ぐんでしまった。

「……よく頑張ったね、オルタンシア。ジェラールなら大丈夫だ。さぁ、さっそくあの子に手紙を書こうか。早ければ、ジェラールの到着よりも先に学院に着くかもしれないからね」

ぽんぽん、と父に背中を軽く叩《たた》かれ、オルタンシアは頷いた。

まだまだ、ジェラールに伝え忘れたことはたくさんあるのだ。

（鼻詰まりのときは塩水で洗うといいとか、発熱にはキャベツの湿布がいいとか、ちゃんとお兄様に伝えなきゃ！）

さっそく使命感に燃えるオルタンシアを見て、父はくすりと笑みを漏《も》らした。

◇◇◇

『拝啓　お兄様
近頃はいかがお過ごしでしょうか。
そろそろ学院での新学期が始まるから、その準備に追われているのかな？
私の方はつい先ほど公爵領の領主館に到着しました。
皆優しく迎えてくれて、ここに来てよかったと思いました。
今は温室でのんびり休憩をしながら、この手紙を書いているところです。
チロルは元気よく私の足元を走りまわっています。
あっ、窓の外を見たらちらちらと雪が降ってきました。
お兄様のいらっしゃるところは寒くないですか？

どうか、お体を冷やさないように……』

「……ふぅ」

ある程度手紙を書き終わり、オルタンシアは一息ついた。

ジェラールへの手紙に記したように、オルタンシアはこっそり、ここヴェリテ公爵領へとやってきていた。

おそらく数年ほどはここで過ごすことになるだろう。

父や兄と離れて寂しさを感じないわけではない。

だがそれ以上に、オルタンシアは安堵《あんど》していた。

(これで、しばらくはヴィクトル王子に関わらずに済みそう……)

ヴィクトルだけではなく、王都から遠く離れたここでは社交界そのものから離れることができる。

のんびりとした外の景色を眺めながら、オルタンシアは緩みそうになる気を引き締めた。

(ううん、ぼぉっとしてばっかりじゃダメだよね。ちゃんと頑張らないと!)

一度目のような処刑の運命を回避するために、オルタンシアはどうするのが最善なのかをずっと考えてきた。

果たして今のこの状況が最善……なのかどうかはわからないが、少なくとも一度目の人生よりはマシだろう。

(ろくに顔を合わせることもできなかったお兄様とは仲良くなれたし、お父様も私のことを娘だと

言ってくれた。チロルも傍《そば》にいてくれるしね）

足元をちょろちょろと走りまわるチロルに微笑みかけると、彼は不思議そうに首をかしげる。

だが、だからといって油断はできない。

（ヴィクトルが私の存在を知ってしまった以上、妃《きさき》の候補として私の名前が挙がる可能性も増えてしまったかもしれないもの）

これからはできる限り妃候補の打診を断れるように、もし妃候補になってしまったとしてもうまく立ち回れるように、知恵を絞らなくては。

（それに……私、公爵令嬢としてお兄様やお父様の役に立ちたい）

一度目の人生に比べて、オルタンシアはずいぶん視野が広がった。

こうやってヴェリテ公爵領に来ることもできた。

だからこそ、父や兄がどれだけ重要な立場にあり、どれだけの重荷を背負っているのかも少しずつ理解できるようになってきたのだ。

公爵家の人間として、家族として、二人の役に立てるような人間になりたい。

あらためてそう決意したオルタンシアは、足元のチロルを抱えあげぎゅっと抱きしめた。

「だったら……いろいろ頑張らないとね！」

『……？　よくわからないけどがんばれ！　シア！』

「うん！」

父はこちらでもオルタンシアが教育を受けられるように、手配してくれると言っていた。

（大丈夫、きっとうまくいくよね……）

確かな希望を胸に、オルタンシアは再びジェラールへと宛てた手紙へ向き直った。

◇◇◇

領主館の使用人たちは、驚くほどオルタンシアによくしてくれた。

かくしてオルタンシアは思ったより早くここでの生活に慣れることができ、少し余裕も生まれたころ……。

「お嬢様！　大変です!!」

「パメラ!?　どうしたの!?」

のんびりと自室で読書に勤《いそ》しんでいると、急にパメラがものすごい勢いで扉を開けてやってきたのでオルタンシアは驚いてしまった。

「まさか、何か良くないことが……!?」

「いえ、そうではなくて……こちらを！」

息を切らせたパメラがオルタンシアに何かを差し出す。

「手紙……？」

それは、一通の手紙だった。見るからに上質な紙が用いられたその手紙は、高貴な者が出したものに思えるが……。

「いったい誰かしら……？」

不思議に思ったオルタンシアは、封蠟《ふうろう》印を見た途端にはっと息をのんだ。

（これは、ヴェリテ公爵家の印……！）

となると、これは父からの手紙だろうか。

まさか父に何かあったのでは……と焦りかけたオルタンシアだが、更にパメラはとんでもないことを言ってのけた。

「お嬢様、これは……ジェラール様からのお手紙です！」

「え……えぇぇぇぇぇ!!?」

まさかの差出人に、オルタンシアは素っ頓狂な声をあげてしまった。

（お兄様⁉　お兄様が私に手紙を⁉　そんな、返事が来ることなんて期待も想定もしていなかったのに……）

「たくさん手紙を書きますね！」とは言ったものの、オルタンシアはジェラールから返事が来るだなんて思ってはいなかった。

せいぜい彼が「義妹から手紙が来た」という事実だけを認識して手紙を放置するか、よくて中身を見てくれるだけだと思っていたのだ。

（お兄様が私に手紙を⁉　どんな顔して書いたんだろう……想像できない……）

オルタンシアはおそるおそる、目の前の手紙を見つめた。

中身を読むのが、少し怖くもある。

そのままうろうろと手紙を持ったまま部屋の中を歩き回り、再びソファに腰掛け、うんうんと唸《うな》った末……オルタンシアはやっと勇気を絞り出して手紙を開封することにした。

震える手で、そっと封を開け手紙を取り出す。

『親愛なる妹、オルタンシアへ』

その文字を見た途端、オルタンシアは動揺のあまりソファから床へと転がり落ちてしまった。

「お嬢様⁉　大丈夫ですか⁉」

「だ、大丈夫よ……たぶん……」

慌てたように駆け寄ってきたパメラの手を借りて、オルタンシアはなんとか体勢を立て直す。

（たった一行だけでこの破壊力……お兄様、なんて恐ろしいの……！）

まだ心臓がバクバクと鼓動を打っている。

ただの定型文だとわかっていても……『親愛なる妹』などと書かれては、心穏やかではいられないのだ。

何度も何度も深呼吸を繰り返し、オルタンシアは手紙の続きに視線を向ける。

……内容は、いたって普通の近況報告だった。

（それもそうか。お兄様だって、公爵家のお仕事でお手紙を書くことなんてたくさんあるだろうし……）

少なくとも相手の心を打ち砕くような過激な文章ではない。

少しだけ安堵して、オルタンシアは心持ち穏やかな気分で詳細を読み込んでいく。

どうやらこの手紙はジェラールが学院に到着してすぐに書かれたようで、これから荷ほどきを行うことや自分たちよりも先にオルタンシアの手紙が届いていたことなどが手短に記されていた。

こんなに早く返事が来るとは、きっとオルタンシアを待たせてはいけないと思い、忙しい合間を縫って書いてくれたのだろう。

その様子を想像し、オルタンシアの胸はほっこりした。

（私は傍にいられないけど……こうやって手紙を送り続けることで、少しでもお兄様が私の存在を身近に感じてくれたら……）

……手紙を送って良かった。

オルタンシアは何度も何度も短い文面を読みなおし、大切にしまう。

「うふふ、お返事を書かなきゃ」

「よかったですね、お嬢様」

パメラと顔を見合わせ、にっこりと笑う。

（お兄様にいい報告ができるように、気は抜けないよね）

いつまでも進歩のない妹だとは思われたくない。

ジェラールに誇りに思われるような存在でいたい。

オルタンシアは気を引き締め、ペンを手に取った。

◇◇◇

父がうまく取り計らってくれたようで、オルタンシアは領主館で余計なことにわずらわされることなく、のびのびと過ごすことができている。

ヴィクトル王子は、王都はどうなっているのか気にならないでもなかったが、それよりも今は自己研鑽《けんさん》に励《はげ》むのが先だ。

「そうです、お嬢様……。はい、そこでターン！　……なかなか良い調子ですね」

オルタンシアについてきてくれたアナベルは、以前にも増して精力的にレッスンに燃えている。

いかにも都会的な彼女がついてきてくれたことにオルタンシアは驚いたものだが、当の本人はやる気満々のようだ。

「ねぇアナベル。本当に私についてきてよかったの？」

「何をおっしゃいますかお嬢様。わたくしは公爵閣下《かっか》よりお嬢様の教育係を拝命しております。お嬢様の行くところに馳《は》せ参《さん》じ、お嬢様を一人前の淑女《しゅくじょ》へと育て上げることがわたくしの使命ですので！」

「そ、そうなの……ありがとう。でもアナベル自身の休暇はちゃんと取ってちょうだいね？」

アナベルの熱意に押されつつも、オルタンシアは彼女がついてきてくれたことに安心していた。

アナベルの他にも、父は様々な分野に秀でた教師を手配してくれた。

かくしてオルタンシアは日々勉学に励んでいるのだが……それとは別に、学びたいこともあった。

「お呼びでしょうか、お嬢様」

「来てくれてありがとう、コンスタン」

領主館を管理する壮年の家令《かれい》――コンスタンを呼び、オルタンシアは話を切り出した。

「ここではよくしてくれてありがとう。毎日とても楽しく過ごしているわ」

「それは何よりです。使用人たちにも伝えましょう」

「ええ、お願い。それでね、今の暮らしには満足しているのだけど……実は、あなた自身から学びたいことがあるの」

そう口にすると、コンスタンは驚いたように目を瞬かせた。

「私から……ですか？」

「ええ、あなたに……領地の運営管理について学びたいの」

それは、オルタンシアが前から考えていたことだった。

父や兄の役に立ちたい。彼らは常に忙しくしているので、オルタンシアが彼らの仕事を手伝ったり、肩代わりできるようになれば役に立てるのではないかと思ったのだ。

コンスタンはオルタンシアの言葉に驚いたようだが、やがて諫《いさ》めるように口を開いた。

「……僭越《せんえつ》ですが、お嬢様。お嬢様のような貴族のご令嬢が、領地の運営管理について学ばれるのは、あまり聞いたことがありませんな」

「……ええ、わかっているわ」

貴族の娘がいずれ結婚し、屋敷の女主人となった暁には、屋敷の維持管理について帳簿に触れることもあると聞いている。

だが、領地の運営管理にまで携わるというのは珍しいことだろう。

当然、淑女としての教育の中にも組み込まれてはいない。

だからこそ、オルタンシアはこうしてコンスタンに直接頼み込んでいるのだ。

「過去に例が少ないことも、あまりよく思われないこともわかっているわ。でも、私は学びたいの。……少しでも、お父様やお兄様のお役に立てるかもしれないから」

コンスタンはすぐに、オルタンシアが真剣だということをわかってくれた。

「……お嬢様のお気持ちはよくわかりました。ですが、私の判断で了承はできかねます。王都にいらっしゃる旦那様に最終的な判断を仰《あお》ぎます。それで、よろしいですね」

「ええ、ありがとう、コンスタン」

彼はオルタンシアの頼みを無下にしなかった。

鼻で笑われて相手にされないことも考えてはいたので、それに比べれば成果は上々だといえるだろう。

（お父様は、どう思うかな……）

割とオルタンシアの好きなようにさせてくれる父だが、今回の件に関してはどう動くだろうか。

（……うん、私からもお父様にお手紙を書こう！　私が本気だって、わかってもらわなきゃね）

きらきらと目を輝かせるオルタンシアを見て、コンスタンは眩《まぶ》しそうに目を細めていた。

ほどなくして、父から返信があった。

ドキドキと胸を高鳴らせながらオルタンシアは手紙に目を通す。

手紙にはオルタンシアが領地の運営管理について学びたいと言いだしたことに驚いた旨と、オルタンシアがそこまで気にする必要はないと諫めるような文章が記されていた。

やっぱり駄目か……と落ち込みかけたとき、その続きの文章が目に入りオルタンシアは驚きに目を丸くした。

『だが……君が本気で学びたいというのなら、私もその思いを応援したい。他のレッスンをおろそかにしないという条件で、許可を出そうじゃないか』

「お父様……！」

父は、オルタンシアの思いを認めてくれた。応援してくれるとまで言ってくれた。

彼の優しい顔が思い出され、オルタンシアの胸は熱くなる。

（ありがとう、お父様……！）

「聞いて、コンスタン！　お父様からお返事が来たわ!!」

嬉しそうに屋敷を駆けるオルタンシアを、使用人たちは皆優しい目で見守っていた。


かくしてオルタンシアは、淑女教育に加えて領地の運営管理についても学び始めた。

アナベルもコンスタンも、優しさと厳しさを兼《か》ね備《そな》えた教師だった。

オルタンシアが公爵家の娘だからといって甘やかしはしない。

少しでも油断すれば、厳しい言葉を投げかけられることもある。

彼らを失望させないように、オルタンシアは日々勉強に追われていた。

何かに集中していると、時間は矢のように過ぎ去っていく。

やがて大地を覆っていた雪が解け、新緑が芽を出し春がやってくる。

ぴょんぴょんと大興奮で庭を飛び回るチロルを横目に、オルタンシアはいつものようにジェラールへと手紙を書いていた。

二人の文通は、使用人が驚くほどの高頻度で繰り返されていた。

お互いに離れたところにいるため、やり取りには時間がかかるが……オルタンシアもジェラールも、手紙が届いたらほとんどその日のうちに返事を出している。

ジェラールからの手紙を、オルタンシアは美しい装飾が施された専用の箱に大切にしまっていた。

箱の中身が厚みを増すたびに、彼との絆《きずな》を感じられて幸せな気分になるのだ。

「今回は……押し花を同封しようかな」

そうすれば、彼も公爵領の春の匂いを感じてくれることだろう。

まさかお返しに山ほどのプレゼントが届くとは思わずに、オルタンシアはチロルを追いかけながら丁寧に庭先の花を摘《つ》んでいった。


季節は冬から春、春から夏、夏から秋へと移り変わり……再び冬がやってくる。

オルタンシアとジェラールの手紙のやり取りは途切れることなく続き、ジェラールからの手紙を大切にしまっておく箱もどんどんと数を増していった。

そして今、新たに届いた手紙にオルタンシアは頬を緩めた。

「聞いて、パメラ！　お兄様、宮廷騎士団の一つの、黒鷲団《くろわしだん》に所属することが決まったんですって！」

「黒鷲団といえば……白鷹団《しらたかだん》にも並ぶ超々エリート部隊ですよ⁉　その活動内容は謎に包まれていながらも、好成績で貴族学院を卒業した者しか入団を許されない幻の騎士団……」

「へぇ……そんなにすごいんだ」

興奮気味にぺらぺらとまくしたてるパメラの勢いに驚きつつも、オルタンシアは誇らしい気持ちでいっぱいだった。

（やっぱりお兄様はすごい……）

一度目の人生では、彼は宮廷で何かの職に就いているということしか知らなかった。

今回と同じ仕事をしていたのかはわからないが、やはりジェラールはオルタンシアが驚くほどの天才で努力家なのだろう。

「お兄様が、屋敷に帰ってこられるのね……」

オルタンシアはジェラールの手紙を置き、ゆっくりと立ち上がる。

テーブルに載せられたジェラールの手紙とすぐ傍にはもう一通……父からの手紙もあった。

『どうした、シア。表情が硬いぞ』

二回りほど大きくなったチロルが足元にじゃれついてくる。

よいしょ、とそんなチロルを抱き上げ、オルタンシアは傍《かたわ》らのパメラに告げた。

「少し、庭を散歩してくるわ」

「では私も一緒に……」

「庭先だから大丈夫よ。それより、帰ってきたらティータイムにしたいの、準備をしておいてくれる？」

「承知しました！」

元気よく準備を始めたパメラにくすりと笑い、オルタンシアはチロルとともに庭へと繰り出した。

日の光を受けて地面に落ちるオルタンシアの影は、幼いころよりずいぶんと大きくなっている。

それもそのはずだ。次の誕生日で、オルタンシアは十四歳を迎えるのだから。

（一度目の人生で、私が死んだ日がどんどんと近づいてきている……）

そう思うたびに、怖くなってしまう。

……ずっとここにいれば、もう怖い目には遭わずに済むかもしれない。

甘い誘惑のように、そんな思いが心の片隅に居座っている。

あのやり手の父と天才肌の兄のことだ。オルタンシアがいなくともうまくやっていける……むしろ、オルタンシアの存在が彼らの足手まといになってしまうのではないか。

そんなふうに、考えてしまうのだ。

（どうすれば、いいのかな……）

そんなことを考えながら、昔、兄に抱っこされながら渡った橋に差しかかったときだった。

急にあたりが眩《まばゆ》く光り、オルタンシアは思わず手で目を覆った。

「なにっ……⁉」

『シア、大丈夫か⁉』

慌てたようにチロルがやってきて、グルグルと唸り声をあげる。

オルタンシアも懸命に目を開け、身構える。

やがて、眩い光の中から姿を現したのは……。

『……こうして会うのはいつぶりでしょうか、オルタンシア』

「まさか……女神様⁉」

そこにいたのは、オルタンシアが巻き戻ってほどないころに出会った女神――アウリエラだったのだ。

『なんだこいつは！』

「待ってチロル！　この人……いや、神様なのかな……？　とにかく、嚙《か》みついちゃだめだよ‼」

うっかり女神に攻撃などしたら、神罰が下るかもしれない。

オルタンシアは慌てて足元のチロルを抱えあげた。

その様子を見て、女神アウリエラはくすりと笑う。

『……大きく成長しましたね、オルタンシア。私としてはもう少し私が与えた加護も活用してほしいところではありますが』

「うぐっ」

痛いところを突かれ、オルタンシアは気まずげに視線を逸らした。

(だって女神様のくれた加護……使いどころが難しいんだよ！)

遠くの会話を盗み聞きする《聞き耳》はかなり役に立っているが、他の加護については現状使いこなせているとは言いがたい。

「いえ、あのですね……私もなんとか使いこなそうとはしているのですが……」

最近では存在自体を忘れてました……などとは言えず、オルタンシアはしどろもどろになりながらそう言い訳した。

女神は怒るでもなく、慈悲深い表情でオルタンシアを見つめている。

『……オルタンシア、今日あなたに会いに来たのは、迷えるあなたに助言を授けるためです』

「助言、ですか……？」

『ええ。……オルタンシア、あなたの家族に危険が迫っています。魔神の手は、既に迫りつつあるのです』

「えっ⁉」

女神アウリエラはかつて、オルタンシアに託宣をした。

一度目の人生でオルタンシア亡き後、義兄ジェラールがおかしくなり、ついには魔神が復活して世界が大変なことになってしまったと。

今世では確かにオルタンシアが魔神崇拝集団に誘拐されはしたが、あの場にいた者はすべてジェラールが始末したはずだ。

あれ以来、少なくともオルタンシアの耳に魔神やその崇拝集団の動きは入ってきてないが……。

『魔神はあなたの兄を狙っています。彼を乗っ取り、再び世界を闇に落とそうと企《たくら》んでいるのです』

「そんな……」

『……オルタンシア。あなたには酷なことだとはわかっていますが……ジェラールを救えるのは、あなただけなのです。どうか、賢明なる判断を』

「あ、待ってください！」

またもや唐突に女神は消えてしまった。

オルタンシアは彼女が消えた場所を、ただ呆然《ぼうぜん》と眺めていた。

(私の家族……お兄様や、もしかしたらお父様にも危険が……？)

ざわざわと嫌な予感が胸を支配する。

オルタンシアは大きく息を吸いこみ、ぎゅっとチロルを抱きしめる。

(ここにいれば私は助かるかもしれない。でも……)

大切な家族を、見捨てることなんてできるわけがなかった。

「チロル、私決めたよ。王都に戻るって！」

兄を、父を救うために。

オルタンシアは死地ともいえる王都へ戻ることを決めたのだ。

(ヴィクトルはもう私のことを忘れたかな……。他にもいろいろ心配はあるけど……大丈夫、やってみせる！)

『頑張れ、シア！　僕がついてるからな！』

「うん！」

チロルがぷにっとした肉球が愛らしい前足をあげる。

彼とハイタッチをかわし、覚悟を決めたオルタンシアは屋敷へ向かって走り出した。

第10章　お兄様との再会

「お嬢様、見えてきましたよ！」

パメラの弾《はず》んだ声に、うつらうつらと微睡《まどろ》んでいたオルタンシアはぱっと目を覚ます。

慌てて馬車の窓に視線を向ければ……懐かしい王都の公爵邸が道の向こうに見え始めていた。

（帰ってきたんだ……！）

感慨深い思いで、オルタンシアは懐かしき公爵邸を眺《なが》めた。

こうして帰ってくるのは実に数年ぶりだ。

兄や父とは頻繁《ひんぱん》に手紙のやり取りをしていたが、やはり久方ぶりに会うとなると緊張してしまう。

（はじめてここに来た日を思い出すな……）

一度目の人生ではじめて公爵邸に足を踏み入れた日、オルタンシアは緊張のあまり息を吸うのも忘れるほどだった。

当然たくさん失敗したし、義兄ジェラールを始めとした公爵家の者たちとうまく関係を築けなかった結果、散々な末路を迎えることとなってしまった。

やり直しの機会を得た二度目の人生では、一度目と同じ過ちを繰り返さないようにと、とにかく必死にあがいた。

その結果、ジェラールはちょっと心配になるくらいオルタンシアに対して過保護になり、屋敷《やしき》の使用人たちもオルタンシアに優しくなった。

一度目の人生よりは、よほどうまくいっていると言えるだろう。

だが……本当に頑張らなくてはならないのはきっとこれからだ。

（女神様はお兄様やお父様に危険が迫っているとおっしゃった……。私が、二人を守らないと！）

とにかくジェラールと仲良くならなければ！　という道しるべがあったときとは違う。

ここからは、オルタンシアが手探りで進んでいかなければならないだろう。

「……よし！」

足元でだらしなくお腹《なか》を上にして眠るチロルに目をやりながら、オルタンシアはあらためて気合を入れなおすのだった。

◇◇◇

懐かしの公爵邸の前には、あの日と同じように使用人がずらりと勢ぞろいしていた。

馬車の扉が開いた途端、目の前に現れたのは父の姿だった。

「よく戻ってきたね、オルタンシア……」

「お父様……！」

彼の顔を見た途端、胸の奥がじぃんと熱くなる。

父に手を引かれ、馬車を降り……地面に足がついた途端、オルタンシアはぎゅっと父に抱き着いた。

「お父様、ただいま帰りました！」

父も優しくオルタンシアを抱きしめ返してくれる。

（よかった、ここに帰ってきて……）

ここに到着するまでは不安が胸に渦巻いていたが、今は「帰ってきてよかった」という思いでいっぱいだった。

「おっと、私ばかりオルタンシアを独占していては怒られてしまうな。ジェラールも君の帰りを待ちわびていたのだからね」

父に背中を押され、オルタンシアは居並ぶ使用人たちの中央へと視線を向ける。

そこには、はじめて公爵邸に足を踏み入れた日と同じように……無表情のジェラールが立っていた。

はじめて会ったときから既に大人びていたジェラールだったが、今の彼はもう青年から大人の男性へと変わりつつある年齢だ。

怜悧《れいり》さを感じさせる美貌は相変わらず、しなやかに、そしてたくましく成長した彼にオルタンシアは思わず息をのんでしまう。

（大人になったお兄様、一度目の人生で知っていたけど……こうして見ると、威圧感がすごい……！）

彼とオルタンシアに間には、確かに積み上げた時間と絆《きずな》がある。

離れている間も、頻繁に手紙のやり取りをしていたのだ。

そうわかっていても……オルタンシアは恐れずにはいられなかった。

目の前のジェラールはオルタンシアのことなど忘れてしまっており、一度目の人生のように冷たい態度を取られるのではないかと……。

ジェラールがコツコツと靴音を鳴らしながら近づいてくる。

オルタンシアはなんて言っていいのかわからずに、かすかに震えながら彼を見つめることしかできなかった。

すぐ目の前までやってきたジェラールが、じっと蒼氷《そうひ》色の感情の読めない瞳でオルタンシアを見下ろしてくる。

やがて彼の手がぬっと伸びてきて、オルタンシアは思わずびくりと身をすくませてしまった。

直後に感じたのは、ぽん、と優しく頭に置かれた手のひらの感覚だ。

「……なんだ。思ったよりも小さいままだな」

「ふぎゃ⁉」

揶揄《やゆ》するような言葉に顔をあげると、ジェラールは相変わらず無表情で……いや、かすかにから

かうような笑みを浮かべているのがオルタンシアにはわかった。

そう気づいた途端に、体中が温度を取り戻したような気がした。

（あぁ、やっぱり……私がお兄様と過ごした時間は夢じゃなかったんだ！）

勇気づけられたオルタンシアは、笑い出したくなるのをなんとか堪え、むぅ、と頬を膨《ふく》らませてみせる。

「そんなことないです！　しっかり大きくなったんですから！」

「そうか？　俺には誤差にしか見えない」

「お兄様が大きくなりすぎなんですよ！　私だって……あっ、そんなに頭を押さえたらますます身長が縮んじゃうかも！」

「そうか」

「もう！　そうやってぎゅむぎゅむするのは禁止です！」

上機嫌でぎゅむぎゅむとオルタンシアの頭を撫《な》でる……というよりも押すジェラールに、オルタンシアはぷんぷんと憤慨した。

そんな微笑《ほほえ》ましい義兄妹の姿に、その場に居合わせた者は皆頬を緩めるのだった。

あとがき

はじめましての方もそうでない方も、作者の柚子《ゆず》れもんと申します。

この度は、『死に戻りの幸薄令嬢、今世では最恐ラスボスお義兄様に溺愛されてます』をお手に取っていただき、誠にありがとうございます。

理不尽な理由で処刑されたと思ったら、公爵家に引き取られた七歳の時に逆行していたオルタンシア。彼女に課せられたミッションは、冷血で何を考えているのかわからないお兄様のジェラールと仲良くなること。

誘拐されたり、ジェラールと共に領地へ赴いたりしながらも頑張ってジェラールに寄り添おうとするオルタンシア。そんなオルタンシアに少しずつ心を開いていくジェラール。

ぎこちなく「家族」になっていく二人の物語、いかがでしたでしょうか。

本作のコミカライズを担当してくださっている山いも三太郎先生が、書籍のために素敵なイラストを描き下ろしてくださいました！

どのイラストもとても素敵で、イラストを見るだけで作中のシーンが次々と脳裏に蘇ります。

特にシャングリラの花畑の中に立つ二人のイラストは圧巻です！

あまりの美しさに感動しますね！

この巻では主にオルタンシアの幼少期が描かれていますが、物語はまだ続きます。

成長した二人がどうなっていくのか、関係性の変化などにご注目ください。

また、前述した通り本作は山いも三太郎先生によるコミカライズも連載中です。

無表情だけど妹には甘いお兄様と、とにかくお兄様と仲良くなろうと奮闘するオルタンシアが生き生きと描《えが》かれております。

この本の続きの展開も読めますので、是非そちらもチェックしてみてください！

最後になりましたが、書籍、コミカライズ共にオルタンシアたちに命を吹き込んでくださる山いも三太郎先生、本作の出版に関わってくださったすべての方々、そして応援してくださる読者様に感謝を申し上げます。

Kラノベブックスf

死《し》に戻《もど》りの幸《さち》薄《うす》令嬢《れいじょう》、今世《こんせ》では最恐《さいきょう》ラスボスお義兄《にい》様《さま》に溺愛《できあい》されてます

柚子《ゆず》れもん

2024年11月28日第1刷発行

発行者	安永尚人
発行所	株式会社 講談社 〒112-8001　東京都文京区音羽2-12-21
電　話	出版　(03)5395-3715 販売　(03)5395-3608 業務　(03)5395-3603
デザイン	石川照美（LANTERN）
本文データ制作	講談社デジタル製作
印刷所	株式会社ＫＰＳプロダクツ
製本所	株式会社フォーネット社

KODANSHA

ISBN978-4-06-537834-2　N.D.C.913　301p　19cm
定価はカバーに表示してあります

ファンレター、
作品のご感想を
お待ちしています。

あて先
〒112-8001　東京都文京区音羽2-12-21
（株）講談社　ライトノベル出版部 気付
「柚子れもん先生」係
「山いも三太郎先生」係

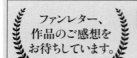